徳間文庫

隠密鑑定秘禄㈡

恩讐

上田秀人

徳間書店

目次

土《ど》芥《かい》寇《こう》讎《しゅう》記《き》

江戸時代中期の全国諸大名を網羅した人名辞典。編著者不明。全四十三巻。首巻に総目録、巻第一に将軍家の家伝、巻第二より巻第四十二までは元禄三年現在の大名二百四十三名につき、家系・略歴・居城・人柄・編者の批評などが記されている。（参考文献『国史大辞典』）

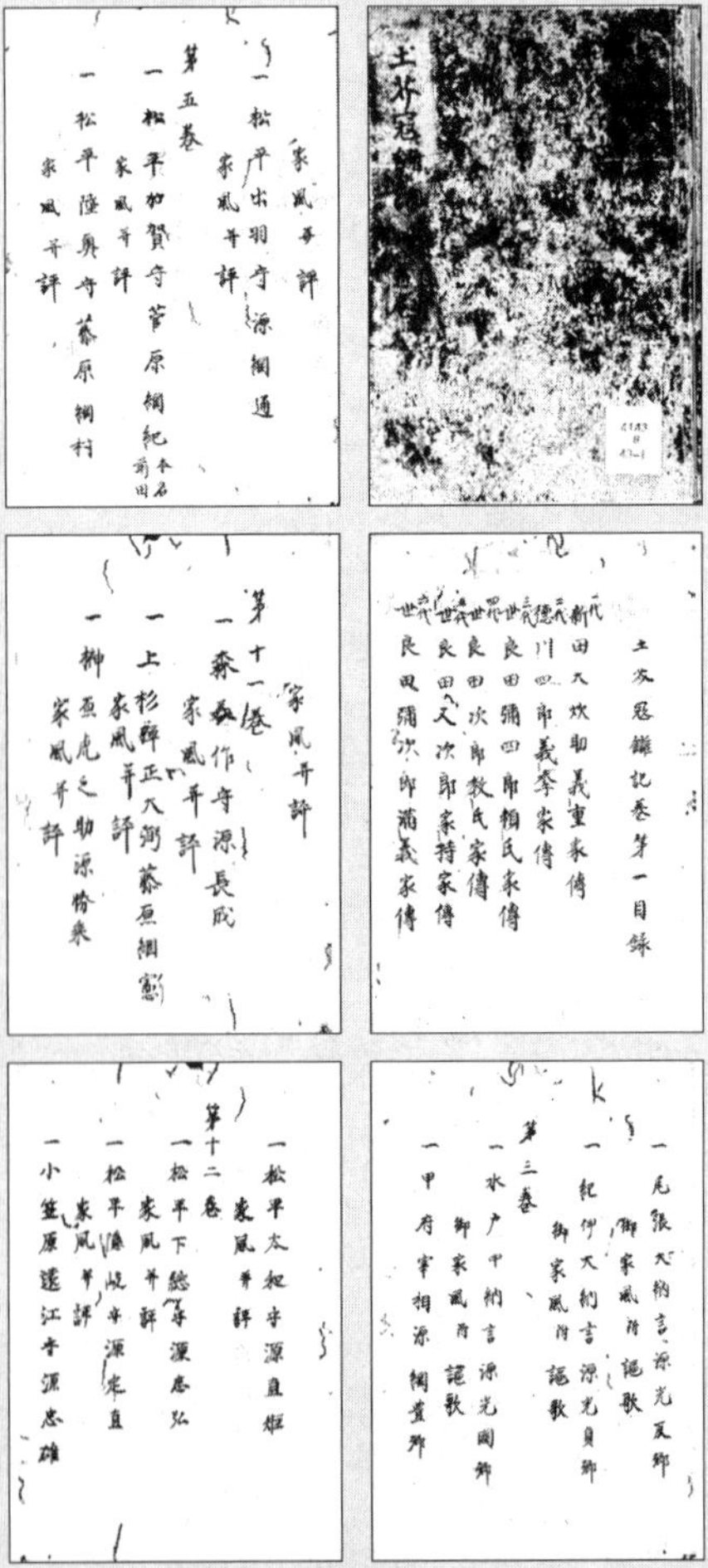

第十七巻
家風記評
一松平飛彈守菅原利明
　家康所評
一本多隠岐守藤原康慶
　家康所評
一伊達遠江守藤原宗利
　家康所評

第二十五番
一小出備前守藤原吉之
　家風記評
一津軽越中守藤原信政
　家風記評
一人漏出雲守源重之
　家風記評
一土屋相模守源正直

家風詩評
一大田原備前守菅原康清
　家風記評
一人留嶋信濃守数智通清
　家風記評
一花出羽守藤原康臥
　家風記評
一小笠和泉守藤原政信

第二十巻
家風詞評
一松平内蔵守源忠人
一石川主殿頭源為揚
　家風記評
一稲葉伊予守源昌胤
　家風記評

第九十六巻
一松平駿河守源定信
　家風記評
一板倉甲斐守源重長
　家風記評
一松平賀守源忠易
　家風記評
一毛利甲斐守大江綱元

第九十七巻
一小出大隅守藤原百宣
　家風記評
一本多豊後守源正脩
　家風記評
一如藤依渡守藤原朋菜
　家風記評

第九十一巻
一伊東豆守臨原依質
　家風記評
一稲嶋津守藤原直人
　家風記評
一松平信守源廣賢
　家風記評
一楢京石京亮麿眞通

一楊及作守菅原朝賢
　家風記評
第三十二巻
一酒井石見守源忠知
　家風記評
一沈田信濃守海政香
　家風記評
一毛利駿河守藤原昌久

第四十二巻
一松平壹岐守源信澄
　家風記評
一利圧主殿守藤原丑胥
　家風記評
一室威伊揚守平少隆
　家風記評
一細川采女源伊澄

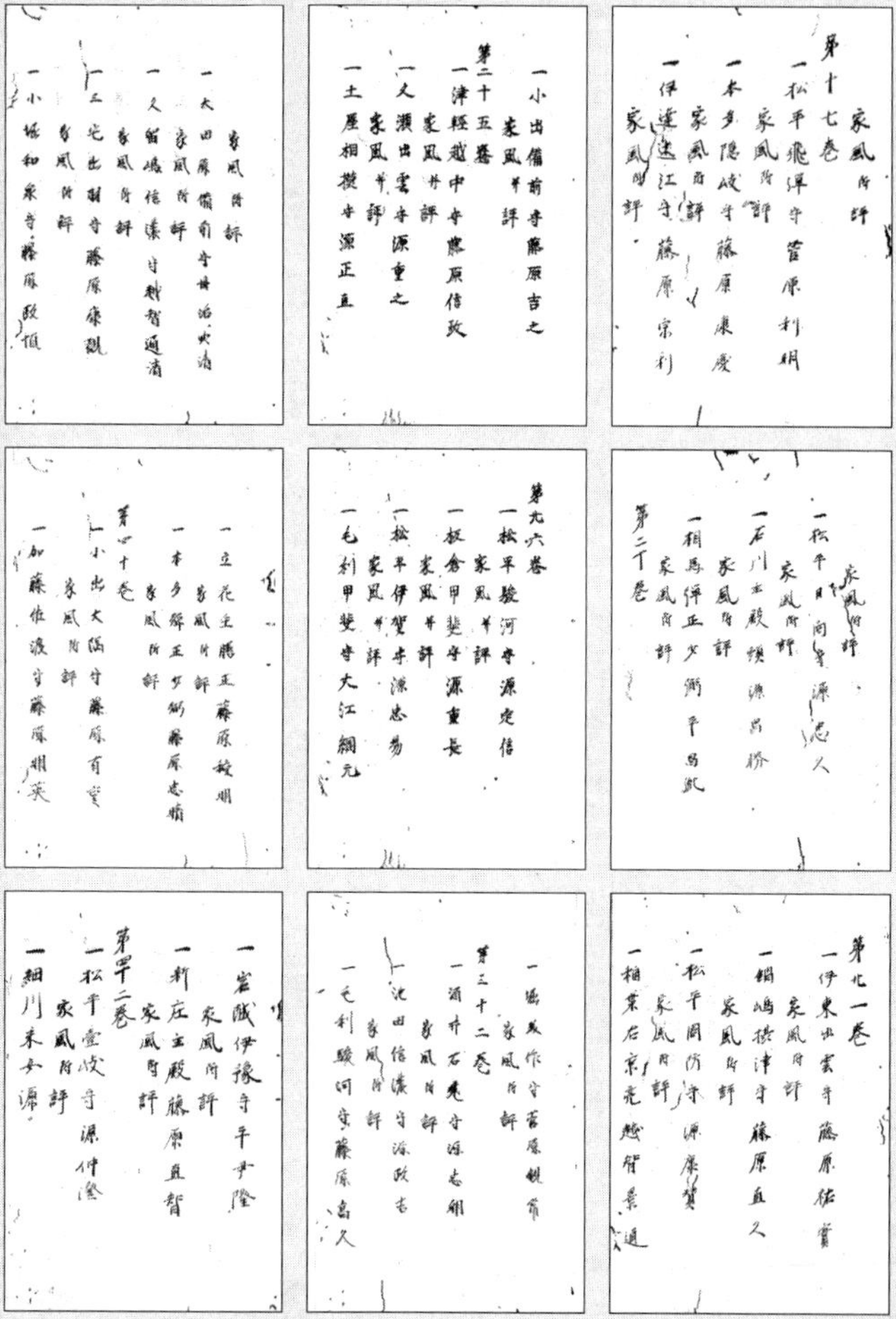

「土芥寇讎記」首巻より抜粋（東京大学史料編纂所所蔵）

第一章　出世の壁

一

御家人とも言えぬ身分の者が幕府にはいた。

小者《こもの》、黒鍬者《くろくわもの》、そして陸尺《ろくしゃく》であった。

そのなかで黒鍬者は上席とされていた。公式に名乗ることは許されていないが姓を持ち、木刀を一本とはいえ腰に差すことが認められていた。だが、冬でも足袋《たび》を履くことはできず、雨が降っても傘は許されていない。ようは武士ではないのだ。

しかし、黒鍬者には江戸城大奥にある御台所《みだいどころ》の風呂用の水を運ぶ任や、登城する大名の行列を差配する役目が与えられている。

「汚《けが》らわしい」

「小者風情が」

大奥女中から嫌がられたり、大名行列の者に侮《あなど》られては困る。

「組頭には名字を許可する」

非公式な名乗りをごく一部だけとはいえ認めることで、武士に近い者へと引きあげた。

「大伍《だいご》さま」

深川伊勢崎町《ふかがわいせざきちょう》一丁目に引っ越したばかりの射貫《いぬき》大伍に、手伝いを頼まれた黒鍬者森藤《もりふじ》の娘佐久良《さくら》が顔をあげた。

「どうかいたしたかの」

「そろそろ中食《ちゅうじき》の頃合いかと」

応じた大伍に佐久良が告げた。

「もう、そんな刻限か。屋内におると時分どきがわかりにくいの」

大伍が縁側まで出て空を見あげた。

「たしかに日は中天にある」

大きく大伍が伸びをした。

「中食といったところで、昨日の冷や飯しかないな」

大伍が苦笑した。

射貫家はその名字からわかるように、もとは徳川家の弓足軽《ゆみあしがる》であった。それが徳川《とくがわ》家の天下となり戦《いくさ》がなくなると無用となった。

さすがに天下人が戦場で活躍した弓足軽を要《い》らなくなったからといって、放逐《ほうちく》するわけにはいかなかった。

だからといって、そのまま弓足軽として抱え続けるのは難しかった。

「弓の才なき者は、お先手組《さきてぐみ》から外す」

幕府は無用の長物となった弓足軽を厳選した。弓を得手とする者とそうでない者である。

もとは皆弓足軽をするほどだから射の才能は持っていたが、それが代々受け継がれていくとは限らなかった。

「弓よりも槍《やり》が」

「射るより算盤《そろばん》が」

別の方向に才能を見せるものが出てくるだけでなく、

「困りましたな」

「苦手でござれば」

どこにも秀《ひい》でたものを持たない者も出てくる。

幕府はそういった取り柄のない者を役目から外し、その禄《ろく》を削った。

射貫家はその最たる例であった。

弓足軽を外された大伍の祖先は、そのまま小普請組《こぶしんぐみ》へ入れられて代を過ごしてきた。

その間に三十俵二人扶持《ぶち》だった家禄は、何度も削られて、二十俵一人扶持まで落ちた。

幸い大伍が林大学頭《はやしだいがくのかみ》の学問所でそこそこの成績を修めたことで、小普請組頭の目に留まり、小人目付《こびとめつけ》になることができた。

そうして大伍は十一代将軍家斉《いえなり》に見いだされ、密《ひそ》かに台命《たいめい》を受けて小人目付を辞め、組屋敷からここへと居場所を変えていた。

「そこに蕎麦屋がございました」

佐久良がしれっとした顔で告《つ》げた。

「伊勢《いせ》屋か。ふむ。それもいいな」

提案を大伍が受け入れた。

「やった」

佐久良が喜んだ。

江戸は独り者の町といっていい。これは天下の城下町として、拡張を続けている都合上、人手が絶えず求められたことによった。

人足、大工、商家の奉公人など、働き口はいくらでもある。となると国元で喰《く》いかねている百姓の次男、三男、江戸で一旗揚げようと考えた商家の息子たちが集まってくる。他にも仕官を求める牢人たちも、諸大名、旗本の屋敷がある江戸を最後の希望とばかりにすがってくる。

さらに参勤交代で江戸へ出てくる諸藩の藩士も単身で、家族を連れてくることはできない。

結果、江戸には独り者が溢《あふ》れることになった。

当然のように単身の男は料理などできない。できたとしても朝早くから日暮れまで毎日働かねば喰えないのだ。小半刻《こはんとき》（約三十分）以上もかかる炊飯などとても無理であった。

また、江戸は諸色《しょしき》が高い。米は幕府の統制があり、よほどの凶作でもなければ安定しているが、遠くまで取りにいかなければならない薪はかなりの値段になる。その薪を米を炊くために使っていては、たまらない。一度に大量に炊く商家や寺院、武家屋敷などは別だが、せいぜい五合ていどしか炊かない独り者に、薪の負担は大きい。二升だ、三升だと大量に炊いてもいいが、数日で消費しないと腐らせてしまう。

結果、独り者の多くは仕事帰りに、その辺の煮売り屋、蕎麦屋で夕餉《ゆうげ》をすませることになる。

求められれば、対応するのが商人である。

こうして、江戸にはちょっとした飲食をさせる小店《こだな》、屋台などが雨後の竹の子のように林立していた。

伊勢屋もその一つで、大伍の屋敷から歩いてすぐのところにあり、蕎麦や一膳飯、惣菜を出す、間口は二間《けん》（約三・六メートル）ほどの小店であった。

「あまり贅沢はさせられぬが、蕎麦くらいならば馳走《ちそう》しよう」

「となれば、早速に」

いそいそと佐久良がたすき掛けにしていた扱《しご》きを解き、着物を整えた。

「………」

結んでいるたすきを解くときに、上へあげた佐久良の袖がまくれ、白い二の腕が見えた。思わず大伍は息を呑《の》んだ。

「……どうかした」

用意をしない大伍に、佐久良が首をかしげた。

「ああ、そうであったな」

大伍が慌てて尻端折《しりはしょ》りを降ろした。

佐久良と大伍はいわば幼なじみのようなものであった。武士とは名ばかりの射貫家は小身ものたちが集まる組屋敷にあり、黒鍬者の組屋敷とも近かった。また小人目付は、黒鍬者と同じく目付の配下として、ともに仕事をすることもあった。

こういったことから、大伍は黒鍬者の森藤家と親しくなり、そこの娘佐久良と知り合った。

「いざとなったら、大伍さまにもらってもらう」

「まさか。大伍どのよ、娘に手を出したのではなかろうな」

佐久良とその父からそう言われるくらい付き合いは深い。

その縁を頼って、今回の引っ越しの片付けに佐久良を借りだした。

幕府の旗本、御家人は役目によって住む場所が変わることがままあった。

立身出世に応じて屋敷が広くなるのは軍役が増えることで新しく家臣を抱えなければならなくなるからである。また、役目柄一つところに固まっていたほうが便利な弓足軽や小人目付のようなものから離任すれば、組屋敷を出なければならないのは当たり前であった。

「空《あ》いておるか」

大伍が伊勢屋のなかへ声をかけた。

「お出《い》でなさいませ。お二人さまならば、奥の小上がりをどうぞ」

伊勢屋の親爺《おやじ》が武士の大伍に気遣って、目立たない座敷を勧めた。

「そうさせてもらおう。佐久良どの」

何回か来ている大伍は店を横切って奥へと向かった。

「……へえ」

小上がりに腰を下ろした佐久良が、周囲を珍しそうに見回した。

「こうなってるのね」

佐久良が感心した。

「外で食べることなどないだろう」

「うん」

確かめた大伍に佐久良がうなずいた。

黒鍬者は多少の増減はあるが、おおむね十二俵一人扶持であった。一人扶持は米を一日玄米五合支給される、そこに本禄の十二俵を合わせて、年間十五俵ほどでしかない。組屋敷があるから店賃はいらないが、年に十五俵、金にして十五両ほどで一家が生活していかなければならないのだ。とても外で高い飯を食う余裕などはなかった。

「蕎麦でいいか」

「なんでも」

楽しみだと佐久良が顔をほころばせた。

江戸の蕎麦屋の歴史は古い。蕎麦屋というものは、三代将軍家光《いえみつ》のころ前橋で誕生したと言われ、江戸には五代将軍綱吉《つなよし》の時代に出てきた。

当初は蕎麦粉をお湯で溶いて団子状にしたものに味噌を付けて食べる形だったが、いつのまにか丸めた団子を平たく伸ばして、細切りにして啜《すす》るようになった。

「手早く喰えていいや」

これが職人に受けた。わざわざ蕎麦を冷やして汁につける形にしたのも、熱いと冷ます手間が要るからであった。

「蕎麦を二枚ずつ、あと菜を適当に見繕《みつくろ》ってくれ」

大伍が親爺に注文を投げた。

すでに蕎麦はゆでて締めてある。待つほどもなく、蕎麦が供された。

「うわあ」

佐久良が歓声をあげた。

見ていても腹は膨れない。

「食べよう」

「いただきまする」

両手を合わせて、佐久良が箸を持った。

「……ああ」

一口啜った佐久良が目を輝かせた。

最近の汁《つゆ》は醬油を薄めたところに少量の味噌を加えている。蕎麦の薄い味が汁と絡む。

「うまいな」

佐久良の倍の速度で蕎麦をたぐった大伍も頬を緩めた。

「おいしい」

箸を止めることなく佐久良が蕎麦を口に運ぶ。

「…………」

取られまいとする子供のような姿に大伍がなんともいえない顔をした。

つい先ほど、白い二の腕を見せつけて女を感じさせた佐久良が、今は頑是《がんぜ》ない幼さを醸し出している。

「まあいいか」

大伍は霧散した欲望をふたたび呼び戻す気にはならなかった。

「……ごちそうさまでございました」

あっさりと二枚の蕎麦と菜を片付けた佐久良が、先ほどまでの稚気《ちき》を忘れたかのように姿勢を正して、大伍に礼を言った。

「いや、手伝ってもらっておるからな」

大伍が手を振った。

「親爺、勘定だ」

「へい、蕎麦を四枚と菜の煮染め二皿で、百十文ちょうだいいたしたく」

声をかけた大伍に蕎麦屋が丁重すぎる態度で金額を告げた。

「守ってやっている」

「我らが命をかけたからこそ、今の平穏な日々がある」

武士というのは民を見下している。そのうえ相手に感謝を求める者は少なくなかった。さらに腰に刀を二本差している。

「このていどのもので金を取るのか」

「日頃の感謝を思えば、献上すべきであろう」

食べた後で難癖を付けてくる武士、とくに牢人は多い。

「なんだ、その口のききようは」

言葉遣いだけで嚙《か》みつかれることもある。

蕎麦屋の親爺があからさまに武士で、まだ馴染《なじ》みの薄い大伍に警戒をしたのは無理もないことであった。

「……ちょうどだな」

銭入れの巾着《きんちゃく》から大伍が銭を取り出して並べた。

「ありがとうございまする」

素早く蕎麦屋の親爺が金を手にした。

「今度一丁目にこしてきた者だ。射貫という。気に入ったゆえ、また寄らせてもらう」

「それはかたじけないことで」

身分を明らかにした大伍に、蕎麦屋の親爺が少し警戒を緩めた。

「本当においしかったですよ」

佐久良も笑みを浮かべて、蕎麦の味を褒めた。

「奥さまのお気に召しましたか。やれ、蕎麦屋冥利《みょうり》につきまする」

蕎麦屋が佐久良にも頭を下げた。どう見ても奥さまという身形《みなり》ではない。つぎはぎこそされていないが、なんども水を潜《くぐ》ったと分かる衣服を身にまとった佐久良は、奥さまではなく新造《しんぞ》と呼ばれるべきである。それを目見え以上の武士の妻である奥さまといったのは、蕎麦屋の親爺のお世辞であった。

「ではな」

大伍は佐久良を促して蕎麦屋を出た。

「奥さまだって。そう見えたのね」

佐久良が頬を染めていた。

「兄妹《きょうだい》には見えなんだかな」

大伍が首を横に振った。

「あたしじゃ不満だと」

いつもの佐久良が顔を出した。

「違うぞ。嫁入り前の佐久良にみょうな噂《うわさ》が立っては、森藤どのに申しわけがたたぬであろう」

「そんなもの、父がわかっていないはずないでしょ」

森藤家公認だと佐久良が述べた。

「それに大伍さまは出世されるわ。だから、さっさと捕まえておかないと。途中で出てきた狐《きつね》に持っていかれるわけにはいかないの」

「出世かあ、小人目付を辞めて無役になったばかりだが」

打算を含めた佐久良に大伍が嘆息した。

「いいえ、大伍さまのすごさはあたしが一番わかっているもの」

「ありがたいな」

吾《わ》がことのように言い返した佐久良に、大伍は少し気分をよくした。

二

男の一人暮らし、引っ越しでもそう荷物はない。

夜具と着替え、茶碗や箸などの食器、買いこんであった炭、薪、米など、荷運びは一日で終わった。

「掃除はやっておくから」

「鍵は預けておく」

御家人屋敷に外鍵は一カ所だけしかなかった。基本、表戸や門は内から閂《かんぬき》をかけるもので、台所口だけが外から鍵をかける。

「いってらっしゃい」

佐久良に見送られて、大伍は屋敷を出た。

「気付いているのか……」

大伍の目つきが鋭いものになった。

無役の御家人が用として出かけるのは一つしかなかった。

「なにとぞ、ご推挙いただきたく」

属している小普請組頭のもとへあいさつに向かって、役付にしてくれと頼むのだ。

「考えておく」

そもそも御家人の数に比して役目が少なすぎるため、そうそううまくいくことはない。

「算勘《さんかん》の術を得手としておりまする」

「一刀流の目録を」

一芸があっても、そのていどならいくらでもいる。

「よく来るの」

小普請組頭も人である。毎日のように挨拶すれば、顔くらいは覚えてくれる。

「ご挨拶代わりでございまする」

音物《いんもつ》を差し出すのも効果は高い。

だが、どちらにせよ小普請組頭と会わなければ意味がない。

「今日はここまでじゃ」

小普請組頭が対面に疲れれば、何人並んでいようともそこで打ち切られる。

それを無役の御家人はわかっている。

「急げ」

無役の御家人は夜明けと同時に小普請組頭のもとへ着くように屋敷から向かうのが普通であった。

だが、大伍は昼前に屋敷を出た。

「森藤の家の者は油断できぬ」

大伍が首を横に振った。

黒鍬者には二種類あった。徳川家が天下を取る前から仕えていた譜代《ふだい》と、それ以降に黒鍬者となった新参である。

身分軽き者は基本、一代抱え席で家督相続できない。ただ、黒鍬者の譜代は代々その家を継承できた。といったところで黒鍬者の仕事は、かなりややこしい決まりでできているため、いきなりなにも知らない者を雇うより親の背中を見て育った息子を新規召し抱えとするほうが効率が良い。実質、新参も代々受け継ぐことができた。

では譜代と新参の区別はどこになるか。属する組であった。

譜代は一組、二組であり、新参は三組以下に配された。

もちろん、譜代と新参の差は組み分けだけではなかった。

黒鍬者の名誉とされる御台所入浴の水を用意する役目は、譜代だけにしか許されていない。さらに黒鍬者にとって唯一の余得である大名行列差配、どの行列を先行させるかという便宜をはかるのも譜代が優先された。

そして何より違ったのは、譜代の黒鍬者は伊賀者《いがもの》、甲賀者《こうがもの》のように、表に出ない陰の隠密《おんみつ》であった。

もともと黒鍬者は、戦場で土木のことを扱う職人であった。城攻めで水の手を切ったり、山を崩したり、付け城を造ったり、盾持ちの足軽が守りに付くとはいえ、矢玉飛び交う戦場で鍬《すき》やのこぎりを使う肝の据わった連中であった。

そこに甲州武田《こうしゅうたけだ》家のお抱えだった山師が組みこまれた。田畑が少なく、塩も取れない甲州で、あの精強な兵を支えた金山を探り、掘る。人跡未踏の地を歩き、毒蛇や熊、狼《おおかみ》と戦う。なまなかな覚悟でどうにかなるものではなかった。

これらが、今の譜代黒鍬者の祖先であった。

山歩きをすることで鍛えられた足腰、動物の襲撃に対処するために身につけた眼、なによりも見つからないように息を殺す技を編み出した。

その技術が、譜代の黒鍬者には受け継がれていた。

幕府の役所の引っ越し、不要となった荷の運び出し、江戸の道の補修などをするためにある新参とは、そもそものありようが違っていた。

森藤家はその譜代であった。

「娘を鍛えていても不思議ではないな」

大伍は苦い顔をした。

「鍵を預けたのは、失敗だったか」

小人目付を病療養のために辞任という体《てい》を取った大伍が、小身者が住む組屋敷ではなく、空き屋敷だったとはいえ、独立した家屋を与えられたのは、家斉の密命を果たすうえで他人目《ひとめ》を避けなければならないからであった。

当然、屋敷には得た情報を記した書付も保管されることになる。なによりも隠密働きに使う衣類が仕舞われる。

その屋敷に佐久良が自在に出入りする。

「……………」

大伍は考えを変えるかどうかで思案に入った。

かつての役目の小人目付も隠密働きをした。

「某《なにがし》の上屋敷へ忍び、その内情を調べて参れ」

目付からの指図で小人目付は、天井裏や床下に潜む。

小人目付だった大伍の家に忍び装束があったとしても、不思議ではない。

問題は、その忍び装束が煩雑に使用されるというところにあった。

忍び装束は目立たないような色ではあるが、他は普通の衣類と変わらない。着れば汚れる。汚れが効果となることもあるが、問題は臭いにある。どれだけ身を清浄にしていても、汗は掻《か》く。他人には感じないほど薄くとも、犬には気付かれる。

知られてはまずいことのある場所には、かならずといっていいほど犬が放たれているのだ。

犬が吠《ほ》えれば、人が集まる。

確実に任は失敗する。それだけではなく、相手に調べられているということを教えてしまう。つまり二度目の機会はない。

忍び装束こそ、こまめに洗濯をしなければならないのだ。

「屋敷にいつも忍び装束が干してあっては、疑念を招く」

まさか、佐久良に家事を任せているといったところで、忍び装束を洗わせるわけにはいかない。

「……いっそ引きこむか」

大伍が独りごちた。

森藤家は黒鍬者のなかでも図抜けた腕を持っている。

事実、大伍は疑念を持って戦いを挑んできた山里伊賀者を一人屠《ほふ》った。森藤は、その様子を見ていただけでなく、死体の片付けを申し出てくれた。

人一人の痕跡を消すのはかなり手間であった。しかも、相手は探索を先祖代々の仕事としている伊賀者。なまじの隠しようではすぐに見つけ出されてしまう。

「上意とあれば、森藤どのも否やは言えまい」

大伍が呟《つぶや》いた。

御側御用取次《おそばごようとりつぎ》小笠原若狭守信善《おがさわらわかさのかみのぶよし》は、将軍家お休息の間で控えながら、小姓や小納戸たちの様子を窺《うかが》っていた。

「……手つきが荒い」

「集中しておらぬ」

口の中で小笠原若狭守が評価した。

「公方《くぼう》さま、これを」

まだ幼いと言える小姓が家斉のもとへ白湯《さゆ》を捧げた。

「おおっ。ちょうど喉が渇いたところじゃ」

家斉が喜んで受け取った。

「公方さま、お毒味を」

当番の小姓が茶碗を口に運ぼうとした家斉を止めた。

「たかが白湯ではないか」

家斉がうるさそうな顔をした。

「御身の大事をお考えくださいませ」

やはり幼いといえる年齢の小姓が諫言《かんげん》した。

「公方さま」

不満そうに口を閉じた家斉に小笠原若狭守が声をかけた。

「若狭守……」

「万一のことがあれば、天下は崩れまする」

目を向けた家斉に小笠原若狭守も進言した。

「……わかった」

家斉が承知した。

「藤助《とうすけ》、そなたがいたせ」

「光栄にございまする」

茶碗を突き出された小姓が、恭《うやうや》しく受け取った。

「つかまつりまする」

藤助と呼ばれた小姓が、茶碗を一度頭上に掲げ、その後口を付けた。

「…………」

毒味役はしばし、無言となる。また、周囲も結果が出るまで静かにするのが慣例であった。

「問題ないかと存じまする」

しばし、身体の調子を確認していた藤助が毒物はないと告げた。

「うむ」

家斉がうなずいた。

「公方さま」

ふたたび小笠原若狭守が、目配せをした。

「……大儀であった」

家斉が藤助を褒めた。

「はっ」

形だけのものとはいえ、将軍よりお褒めの言葉を賜《たまわ》る。これは小姓、小納戸にとって大きな功といえる。ましてやお役に就いたばかりの子供にとっては、大きな励みとなった。

「若狭、供いたせ」

藤助が感激に打ち震えながら、下がった。

白湯を飲み干した家斉が、小笠原若狭守に同行を命じた。

「はい」

首肯《しゅこう》して、小笠原若狭守が後に続いた。

将軍は普段お休息の間にあって、政務を執《と》り、食事をし、睡眠を取る。天下を統一した徳川幕府の頂点にしては質素である。

もとは将軍が政務を執るだけの部屋があった。いや、今でもある。老中たちが政務を執る御用部屋に隣接する御座《ござ》の間である。

しかし、今ではまったく使われることはなくなった。

これは江戸城でおこなわれた最大の刃傷《にんじょう》事件のせいであった。

五代将軍綱吉が将軍となってまもない貞享元年（一六八四）、大老堀田筑前守正俊《ほったちくぜんのかみまさとし》が、従兄弟《いとこ》で若年寄《わかどしより》の稲葉石見守正休《いなばいわみのかみまさやす》に刺殺された。その場所が御用部屋前の入り側と呼ばれる畳廊下だった。

しかも事態の重さに動転した老中大久保加賀守忠朝《おおくぼかがのかみただとも》、戸田越前守忠昌《とだえちぜんのかみただまさ》、阿部豊後守正武《あべぶんごのかみまさたけ》が、その場で稲葉石見守に斬りかかり惨殺してしまった。

当然、御座の間近くは血まみれになった。

さらに稲葉石見守を刺し殺した血刀を持ったままで、うろたえた大久保加賀守が御座の間へ報告に飛びこむという失態をさらした。

「加賀守さま、お刀を」

血刀を手にしたまま綱吉へ近づこうとした大久保加賀守を小納戸頭だった柳沢保明《やなぎさわやすあき》、後の美濃守吉保《みののかみよしやす》が制止するというおまけもついた。

「乱心者が出るような場所に、公方さまのお居間を置いておくことはできぬ」

この騒動がきっかけとなり、御座の間よりも奥にあったお休息の間が、将軍の居間兼政務部屋となった。

御座の間で政務を執った将軍が疲れを癒《い》やすために使ったお休息の間が、その役目を失った。

「公方さまにお休みいただく場所が要る」

こうしてお休息の間よりも奥に、御用部屋が設けられた。

御用部屋は将軍が使う茶室の控えの間として作られていた。そのため、次の間などもない手狭な一室である。

「余人の立ち入りを許さず」

狭い御用の間に小姓や小納戸が押し寄せては、たまったものではない。代々の将軍は御用の間を静かな環境に置こうとした。

「入るがよい」

お休息の間を出た家斉が御用の間の襖《ふすま》を手ずから開けて、なかへ入った。

「御免を」

小笠原若狭守が一礼して従った。

「戸を閉めよ」

「はっ」

家斉の指図で、小笠原若狭守が御用の間の襖を閉じた。

「さきほどのことじゃ。なぜ躬《み》は藤助を褒めねばならぬ。小姓ならば当然のことではないか」

家斉が不満を口にした。

「ご無礼を承知で申しあげまする。将軍は天下万民の手本とならねばなりませぬ」

まだ将軍になる前、世子《せし》であったころから家斉に仕えてきた小笠原若狭守である。一種傅役《もりやく》に近い。遠慮なく小笠原若狭守が話した。

「上に下は倣《なら》うと申しまする。公方さまがなさることはすべて正しい。そうでなければ天下は成り立ちませぬ」

「うむ」

小笠原若狭守の発言に家斉がうなずいた。

「たとえお役目であろうとも、先ほど藤助は公方さまの御不興を買うやも知れぬとわかりながら、口出しをいたしました。もし、これを公方さまがお褒めにならねば、これから先、誰が身を挺《てい》して公方さまにご意見申しましょう。皆、吾《わ》が身がかわいいのでございまする。いえ、吾が身だけですむならばまだしも、家にも影響が及びかねませぬ。あのままでは公方さまに害があるのではと懸念を抱いていても、御不興を買うことを怖れ、黙って見過ごすようになっては、小姓どもの意味がなくなりまする」

小姓たちは将軍最後の盾とも呼ばれる。万一、将軍近くまで敵の侵入を許してしまったとき、その身をもって守る。重要さと覚悟を求められるため、小姓は忠誠厚い三河譜代の名門旗本の子弟から選ばれることが多かった。

「あの場で躬が藤助を褒めなければ、機嫌を損ねたと取られると申すのだな」

「ご賢察、畏れ入りまする」

理解の早い家斉に小笠原若狭守が頭《こうべ》を垂れた。

「人を叱るときは陰で、褒めるときは他人目のあるところでというのが、心得だとも申しまする」

「その場で叱らねば理解できまいが」

「仰せの通りではございまするが、それでは叱られた者の面目がなくなりまする」

小笠原若狭守が首を左右に振った。

「しくじったのだ。当然であろう」

家斉が正論を返した。

「たしかに公方さまのお考えは正しゅうございまする。ですが、叱られた側は違いまする。公方さまに見捨てられたと考えて、家へ罪が波及せぬようにと身を処する者も出て参りましょう」

「切腹する者が出ると」

聞かされた家斉が蒼白《そうはく》になった。

「それだけ公方さまのお叱りは重いのでございまする」

自重することを覚えてくれと、小笠原若狭守が家斉を諭《さと》した。

「死なれるのは気分が悪いの」

家斉が頬をゆがめた。

「しかし、公方というのも面倒であるな。天下人でありながら周囲に気を遣わねばならぬ」

大きく家斉が嘆息した。

「それこそ天下人のお役目と存じまする」

小笠原若狭守が述べた。

三

家斉は本家の血筋ではなかった。

十代将軍徳川家治《いえはる》に世継ぎがなかったため、御三卿《ごさんきょう》の一つ一橋《ひとつばし》家から養子に入った。言うまでもなく、過去養子に入って将軍となった者はいる。五代将軍綱吉、六代将軍家宣《いえのぶ》、八代将軍吉宗《よしむね》である。

ただ、どの人物も将軍になるために生まれてきたわけではなく、偶然のいたずらでその地位に就いた。つまり、将軍になるべくしての教育や学びをしてきていない。家斉も養子となってからその教育は受けているが、さほど長くはなかった。

というより、家斉は環境の激変に戸惑った。

昨日まで御三卿一橋家の跡継ぎでしかなかったのが、いきなり次の将軍になってしまった。

たしかに御三卿は八代将軍吉宗が、血筋の遠くなった御三家の代わりにと創設した予備と言うべき家であった。

「将軍家に跡継ぎなきときは、まず将軍に近い血筋の御三卿、次いで御三家から出す」

吉宗は徳川家康《いえやす》が定めた御三家の格式を一つ下げ、御三卿を上に置いた。これは吉宗が己の血筋で将軍を独占するために設けた決まりであった。

当初は田安《たやす》、一橋で二卿だったが、九代将軍家重《いえしげ》が父をまねて吾が子に清水館を与えたことで、御三卿となった。

もちろん御三卿にも格はあった。

長幼の序を継承の基本としている徳川家である。御三卿の筆頭は、八代将軍吉宗の次男宗武《むねたけ》を創始とする田安家、四男の宗尹《むねただ》を初代とする一橋家、そして末席が家重の次男宗好《むねよし》を祖とする清水家であった。

そして将軍継嗣の問題が降って湧いた。

十代将軍家治の一子家基《いえもと》が十八歳の若さで急死したのだ。

「田安主殿頭《とのものかみ》による毒殺である」

「一橋刑部卿《ぎょうぶきょう》が仕組んだのではないか」

鷹狩りに出向くほど健康であった家基が、熱を発してわずか三日で死去してしまったという異常な状況に、江戸城中は一時不穏になった。

「吾が子に先立たれるとは情けなし」

だが、下手人捜しをしている場合ではなくなった。

跡継ぎとして期待していた家基を失った家治が、気落ちしたためか急激に体調を悪化させてしまった。

「一時も空位にできず」

将軍は天下の要《かなめ》、世継ぎがないのは乱れの原因となる。

田沼意次《たぬまおきつぐ》ら幕閣が危機感を募らせ、将軍世子をどこから選ぶかが喫緊《きっきん》の問題となった。

　当時、候補者として三人がいた。田安家の七男賢丸《まさまる》、一橋治済《はるさだ》、清水宗好《むねよし》である。

「白河松平《しらかわまつだいら》家の養子に」

　血筋からもその賢明なる素質からも、最有力候補と考えられていた田安賢丸は、なぜか候補から外され、二度と復活できないよう臣下へと落とされた。

「吾はいささか老いておりまする。将軍は長い治世を続けることこそ肝心なれば、辞退いたし代わって息子豊千代《とよちよ》を本家へお返ししたい」

　続いて一橋治済が自ら候補の座からおり、息子に譲った。

「…………」

　そして現将軍家治の弟で、将軍にもっとも近い血筋であった清水宗好は、幕閣から相手にされてなかった。

「次の将軍家にも跡取りがないのは……」

　清水宗好には子供がいなかった。

　一橋豊千代にも子供はいなかったが、なにせまだ十歳になるかならずかで、継嗣を作る可能性は高い。

こうして家斉は世子になった。

御三卿の嫡子と将軍世子ではなにもかもが違っていた。

これればかりは吉宗の失敗というべきであろうが、御三卿は領地を持たない。将軍家身内衆として十万俵を与えられてはいるが、家臣もそのほとんどは幕臣であった。

つまり、御三卿の当主は、治政、家政などなに一つ大名としての経験がなかった。

当然嫡子もそうなる。

政《まつりごと》を知らぬ、人の使い方も知らぬ。その家斉が将軍となった。

「お支え申さねば」

小笠原若狭守が家斉に諫言を重ねるのもそのためであった。

「喉が渇いたのではないかと気を利《き》かす者もいる。とともに毒味を忘れぬ者も……」

「はい。さすがは公方さま」

家斉の発言に小笠原若狭守が安堵《あんど》した。

「藤助は取り立ててくれよう」

「それがよろしいかと」

小笠原若狭守が同意した。

「藤助だけでは足りぬ。やはり躬のことを第一に考える者をもっと召し出さねばならぬ」

家斉が口にした。

「あやつはどうしておる」

「射貫めでございましょうか」

問うた家斉に小笠原若狭守が確かめた。

「そのような名前であったの。小人目付をいたしておったやつよ」

家斉が認めた。

「小人目付を辞任し、新しい屋敷へ引き移ったとの報告は受けておりまする」

「ならば、そろそろ動くであろうの」

「かと」

小笠原若狭守が首を縦に振った。

「…………」

御用の間は狭い。少し手を伸ばせば、壁に沿って設置されている棚に手が届いた。

「いつになったならば、躬のこれができるのだ」

家斉が手にした古い紙の綴《つづ》りを取った。

「土介寇讎記《どかいこうしゅうき》」

紙の綴りに書かれた題名を読んで、家斉が開いた。

「これがあれば、いつでも入り用な人を召し出せる」

家斉が中身を読んだ。

『土介寇讎記』は、五代将軍綱吉がまとめさせたものではないかと推察されている、諸大名の出自、性格、治政の度合い、武術の腕などを記したものであった。

三百諸侯がもれなく調べられており、内容を読めば誰がどのような役目に合っているかわかる。もっと簡単に言えば、使いものになるかならないかが一目瞭然であった。

「これはよい」

将軍となったことで御用部屋を使えるようになった家斉が『土介寇讎記』を手にして、その価値に気付いた。

ただ、それをそのまま使用するには古すぎた。

なにせ百年ほど前に作られたものなのだ。現在、ここに掲載されている大名で存命している者はいない。

「ならばいい」

家斉はそれを小笠原若狭守に命じ、小笠原若狭守はそれを小人目付をしていた大伍に押しつけた。

それはつい数日前の話であった。

「最初は誰かの」

家斉が期待を見せた。

権力者というのは、我慢がきかなかった。

というより、下がどれほど苦労しているかを考えていない。大名家へ忍びこむことがどれほど危ないかをわかっていない。

「これをいたせ」

こう言われた配下は将軍からの指図であると感激し、全身全霊をかけて努力し、あっという間に結果を報告してくるのが当然だと思っている。

「さようでございますな」

先ほど諫言したばかりである。ここでそう易々《やすやす》と家斉の思うようにはいきませぬ、大伍にはかなりの難題を課しておりますればご猶予《ゆうよ》を、などと言えば家斉の機嫌を損ねる。

諫言はただおこなえばいいというものではなかった。機を見るのはもちろん、そうそう頻繁にしても効果はない。

「うるさい爺《じい》じゃ」

うっとうしがられるだけならまだいい、

「躬をいつまでも子供扱いいたしおる。気に入らぬ」

怒らせれば、

「隠居を命じる」

「蟄居《ちっきょ》せよ」

役目を解かれるだけでなく、場合によっては家に傷が付くこともある。

諫言は間を空けるのが、効果を考えたうえでも、吾が身を守るという意味からも、一日二度、三度するものではなかった。

「若狭、あの者からなにか報《しら》せがあれば、ただちに報告いたせ」

「わかっておりまする」

性急な成果を求める家斉に、小笠原若狭守が頭を下げた。

「では、戻るぞ。襖を閉めておけ」

家斉が機嫌よくして、御用の間を出ていった。

「……あやつを急《せ》かすしかないの。どのようなことでもよい、誰でもよい、さっさと調べをあげよと」

小笠原若狭守が嘆息した。

「それがどのようなものであろうが、余にはかかわりはない。公方さまの御不興を買うのは射貫じゃ」

家斉が置きっぱなしにしていった『土介寇讎記』を小笠原若狭守が書棚に戻した。

「なんにせよ、射貫の代わりはいくらでもおる」

小笠原若狭守が感情のこもらない声で独りごちた。


大伍は屋敷を出た足で日本橋へと向かった。

「ここだな」

日本橋の表通り、天下の往来とされる一丁目で大伍は足を止めた。

「邪魔をする」

「おいでなさいませ」

暖簾《のれん》を潜《くぐ》った大伍を壮年の番頭が迎えた。

「武鑑《ぶかん》を求めたい」

「それはありがとう存じまする」

大伍の注文に番頭が歓迎の意を示した。

武鑑とは、大名、役人の名簿のようなものである。大名家の場合は領国、石高、旗印、当主と嫡男の官職姓名、屋敷の場所、家老職の名前などが記されている。役職についても同じようなもので、役職の名前、氏名、前職、就任の時期、石高、どこに屋敷があるかがまとめられていた。

「袖珍《しゅうちん》はこちらに、正式なものはこれにございまする」

番頭が紹介した。

袖珍とは懐《ふところ》に入れて持ち歩ける薄くて小さなもので、記載されている内容が少なくなる。主に江戸へ見物に来た者が買い、城下で出会った行列がどこのものかなどを確かめるために用いられた。

「袖珍は不要。正式なものの代はいかほどか」

袖珍では欲しいものが記載されていない。

大伍は正式な武鑑の値段を問うた。

「こちらは先月新版となったばかりのものでございまして、銀十二匁《もんめ》いただきたく」

「銀十二匁とはけっこうな値じゃ」

番頭の値付けに大伍が驚いた。

銀十二匁は、相場で変動するが、概ね一千二百文ほどになった。先日の蕎麦屋の支払いが、佐久良と二人で百十文だったことを思えば、かなり高かった。

「当方のものに勝る武鑑はないと自負をいたしております」

番頭が値段だけのことはあると胸を張った。

「出雲《いずも》屋のものは……」

「相手になりませぬ。出雲屋さんの武鑑は、そう語るのもおこがましい出来でございまして、昨年亡くなられたお方が載っておるといったありさまで」

別の店の名前を出した大伍に、番頭が手を振った。

武鑑の発行は本屋の株を持つ仲間の許可が要り、現在はここ須原《すはら》屋と出雲屋だけが出せた。小さな版元も出してはいたが、武鑑ということはできず、題名なしや武士鑑などといった別名で商っており、安い代わりにかなりいい加減なものであった。

「わたくしどもの武鑑は、お大名方に力を入れておりまして、ご隠居さまについても記載がございまする。また御上お役人の交代にもすぐに対応しておりまする」

「ふむ」

大伍は番頭の自信を聞き入れた。

「もらおう」

「ありがとうございまする。しばし、お待ちを。店にある武鑑を持って参りまする」

買うと言った大伍に番頭が喜んだ。

「……お待たせをいたしましてございまする。今、ここにあるものはこれだけでございまする」

番頭が丁稚《でっち》に手伝わせて、数十冊の武鑑を大伍の前に並べた。

「どうぞ、お選びいただきたく」

「検《あらた》めさせてもらおう」

大伍が武鑑を片《かた》っ端《ぱし》から開いた。

木版で作られる書籍は、摺師《すりし》の腕、紙の状態、版木のすり減り具合などで違いがあった。

薄いくらいならばまだしも、読めなかったり、字が欠けていたりすることも多い。

当たり前のことだが、粗悪品は後でも交換してもらえる。しかし、そのためにわざわざ深川から日本橋まで出向くのは面倒であった。

「……これでいい」

手早く大伍は検品をして、買うものを選んだ。

「確かめてくれ」

大伍は巾着袋から豆板銀を六つ取り出した。

「おい、天秤《てんびん》を持ってお出で」

番頭が丁稚に指示をした。

「……十二匁には少し足りませぬ」

天秤の傾きから番頭が首を左右に振った。

豆板銀、小粒筋と呼ばれるものは、銀を適当な大きさにまとめた固まりのようなものので、大きなものは十匁（約三十七グラム）、小さなものは四匁（七・五グラム）くらいであり、五匁から七匁ていどのものが多かった。大きさ、重さが一定していないため、ほとんどの場合、天秤を使って価値を確認した。

「後いくらだ」

「二十文お願いいいたしまする」

「わかった」

巾着袋から銭を出して、大伍は支払いを終えた。

「ありがとうございました。またお出でくださいませ」

番頭に見送られて大伍は武鑑を一組手にして、須原屋を後にした。

四

田沼主殿頭意次は、病床にあった。

「…………」

かつて飛ぶ鳥を落とすとまで言われた勢威は、すでに欠片《かけら》も残っていなかった。

行列をなした来客は途絶え、山のように積まれた音物は影もない。相良《さがら》五万七千石は二万七千石へと減らされ、さらに居城相良城は取りあげられたうえで破壊された。

「このまま終われぬ」

すでに田沼意次の命数は尽きている。

「息子を失う辛さをもっと早くにわかっておれば……」

死に瀕《ひん》した田沼意次は後悔にさいなまれていた。

己を引きあげてくれた家治が一人息子を亡くしたとき、田沼意次は悔やみを口にしたし、心底から慰めた。

しかし、実際に息子を失っていない田沼意次の態度は、家治に通じなかった。

「ご一緒に泣けば……」

今ならわかる。嫡男田沼山城守《やましろのかみ》意知《おきとも》を殿中で佐野政言《さのまさこと》に襲われたとき、意次はようやく気付いた。

「慰めの言葉など、閉じた心には届かぬ」

田沼意次はあのとき声をかけるのではなく、ただ家治の側に控えているだけでよかったのだ。

「政に遅滞は許されぬなどと思いあがって、御用部屋に詰めることが公方さまの御為になると……」

いつまで経っても、たとえこの世を去ろうとも、田沼意次にとっての公方は家治しかいなかった。

息子を失った悲しみで政をおろそかにした愚かな将軍。そういった悪評が家治に付かないよう、田沼意次は頑張った。

だが、それは悪手であった。主君と寵臣《ちょうしん》、そこにあるものは打算や評判ではなく、情でなければならなかった。

「天下の宰相とおだてられ、舞いあがっておった。余がおらなければ天下は回らぬと思いこんでいた」

なにより大切な情を田沼意次はいつの間にか忘れてしまった。

「公方さまあっての余であったのだ。御用部屋の席を失おうが、悪口を叩《たた》かれようが、公方さまに寄り添っておれば……」

田沼意次が力なく嘆息した。

家基を失った家治は、政から完全に興味を失った。

「主殿頭のよきに」

すべてのことを田沼意次に任せ、ただ酒を呑むだけの日々を送っていた。

「あれは余への信頼ではなかった。本当に辛いときに共にいなかった余を公方さまはお見捨てになった」

田沼意次が頬をゆがめた。

「ゆえに病床へ余をお召しにならなかった」

家治は病を得てから田沼意次を遠ざけた。結果、家治の遺言は田沼意次の耳に入ることなく、松平越中守定信《まつだいらえっちゅうのかみさだのぶ》らの言うがままとなり、意次は免職、隠居のうえ三万石を削られた。

「もはや公方さまにあわせる顔はない」

田沼意次は死後も家治の許しを得られまいと思いこんでいた。

「なれど、このままではふがいなし」

一代で築き上げたものを受け継ぐことさえできなかった。たしかにもとは八百石の小納戸旗本だったのだ。減らされたとはいえ二万七千石の大名に成り上がっただけでも見事なものであった。

「それに、越中守がこのまま田沼を見逃すとは思えぬ」

田沼意次は松平定信に恨まれていると重々承知していた。なにせ十一代将軍の座から遠ざけたのだ。祖父吉宗に憧れ、その政を受け継いで幕府を立て直そうと考えていた田安賢丸を白河松平家へ追いやったのは、田沼意次と一橋治済なのだ。

田沼意次を蹴落として、老中首座となって幕政を握ったとはいえ、あくまでも臣下の立場でしかない。

「このようにいたしたく……」

「ならぬ」

松平定信が最善と思ったものでも、家斉が首を左右に振ればそこで終わり。将軍であれば、「こういたせ」と指図するだけですむのが、拒否される。

「余が生きている間は、これ以上のことはするまいが……」

どれだけ腹立たしかろうが、家治の抜擢《ばってき》をまちがいだったと指摘することになりかねない。松平定信は、意次が生きている間は田沼家を取り潰すことはできなかった。

「なんとか手を打たねば、田沼の家が……まだ十二歳になったばかりの意明《おきあき》が」

家治を失い、嫡男意知に先立たれた田沼意次にはもう孫の意明と家しかなかった。

「役に立てよ、黒鍬者ども」

先日旗本への立身を求めて、密かに訪れてきた黒鍬者のことをどのように使うのか、田沼意次は考えた。

小姓組頭能美石見守《のうみいわみのかみ》は当番の最中ながら、そっと抜け出した。

「…………」

将軍家斉と御側御用取次小笠原若狭守の二人は、いつものように御用部屋へと向かっている。今、お休息の間を取り仕切っているのは能見石見守である。

「厠《かわや》じゃ」

そう言えば、席を離れても誰も文句は言わなかった。

「小姓組頭能見石見守である。越中守さまに」

老中の執務部屋である上の御用部屋に着いた能見石見守が、来客の対応をする御用部屋坊主へと求めた。

「しばし、お待ちを」

すでに話は通っている。御用部屋坊主がただちに取り次いだ。

「なにかあったか」

待つほどもなく、松平定信が姿を見せた。

普段、老中は誰の面会要請であろうが、平然と待たせた。

「そう簡単に会えると思うな」

老中としての権威付けと実際多忙だからである。

それが能見石見守の来訪と知ると松平定信はすぐに反応した。

「先ほど、公方さまが小笠原若狭守どのをお連れになって、御用の間へ」

「なんのために」

報告に松平定信が詳細を求めた。

「そこまでは……」

「…………」

戸惑った能見石見守を松平定信が冷たい目で見た。

「聞き耳くらい立てたのであろうな」

「いえ、お報せが先と」

「子供の使いだの」

松平定信があきれた。

「……それはっ」

小姓組頭ともなると、三河以来の譜代で二千石内外の禄を持つ高級旗本である。それが子供の使いと言われたのだ。いかに相手が老中首座とはいえ、怒りを覚えるのも当然であった。

「ほう、怒るか」

一層、松平定信の声が低くなった。

「余はなんと申した。公方さまと若狭守の密談を調べ、御用の間の秘密を探れと命じたはずだが」

「…………」

言われて能見石見守が黙った。

「たしかに誰がいつどこで誰と会ったかというのが重要な場合もある。しかし、今回は違う。すでに公方さまと若狭守とわかっているのだ。となれば、なにを話したかが肝心とわかろうが」

「…………」

能見石見守は松平定信の叱責になにも言えなかった。

「御用の間は調べたのだろうな」

松平定信が話を変えた。

「一度だけでございまするが、なかへ」

「なにがあった」

能見石見守の答えに松平定信が身を乗り出した。

御用の間はお休息の間のさら奥、中奥と呼ばれる将軍の生活範囲の隅にある。いかに老中首座とはいえ、用もなくそこへ足を踏み入れることはできなかった。

それどころか、御用の間は将軍とその許しを得た者だけしか、なかへ入ることを認められていない。

松平定信も能見石見守に教えられるまで、御用の間があるなどとは知らなかった。

「文机《ふづくえ》が一つ、書物が置かれた棚が一つ、明かりとなる燭台《しょくだい》がいくつかございました」

「それだけか」

「はい。部屋も狭く、せいぜい四人も入れば一杯かと」

「押し入れとか、天袋はなかったか」

「ございませんでした」

能見石見守が首を左右に振った。

「抜け穴に繋《つな》がる部屋ではなかったか」

松平定信が眉間《みけん》にしわを寄せた。

老中首座といったところで、徳川の家臣でしかない。宝物蔵への出入りや、紅葉山《もみじやま》文庫の閲覧など将軍の許可が要る。江戸城の図も公にされているものは手にできるが、抜け道などが記された厳秘のものは見ることさえできなかった。

「先ほど書物があると申したの」

ふと松平定信が思い出した。

「はい。かなりの数のものがございました」

能見石見守が首肯した。

「どのようなものであった」

松平定信が書物の内容を問うた。

「それは……」

またも能見石見守が口ごもった。

「まさか、なかを確認してないというのではなかろうな」

「あいにく人が参りまして」

咎《とが》めるような口調になった松平定信に能見石見守が言いわけをした。

「そなたは小姓組頭であろう。誰が来ても堂々としておればよかろうが。何を一体怖れるというのだ」

松平定信が能見石見守を臆病者と誹《そし》った。

「小笠原若狭守どのであれば、困りまする」

「そのようなもの、いくらでもごまかせよう。捜し物をしていたら部屋をまちがえたとか、なかから不審な音がしたとか」

「無理でございまする」

能見石見守が松平定信の提案を却下した。

小姓組頭が中奥で迷子になる。そのような恥をさらせば、まず職は辞さなければならなくなる。また、御用の間から不審な音がしたというならば、なぜそなたはそれを聞いたとなってくる。お休息の間まで聞こえるようならば組頭ではなく、小姓あるいは小納戸が数人で確認に行くのが普通である。なにより余人の立ち入りが禁じられているる御用の間となれば、まず家斉に報告がいき、そこから命じられた者が確かめるために出向く。

どう考えても能見石見守が一人でというのは、つじつまが合わない。

「むっ」

松平定信もそれ以上は言えなかった。

「しかし、気になる」

まだ松平定信は御用の間にこだわった。

「そなた、小笠原若狭守とは親しいか」

「お役目柄、話はいたしまするが、格別な付き合いがあるというわけではございませぬ」

松平定信に問われた能見石見守が親しくはないと告げた。

「公方さまと若狭守が奥へ二人だけで行くのはなんのためか、小姓組頭として知っておきたいと尋ねて見よ」

「それは難しいかと」

能見石見守が松平定信の命に二の足を踏んだ。

将軍と御側御用取次の密談について小姓組頭が口を挟むなど、越権行為も甚だしい。

「なぜ、気になる」

「誰に頼まれた」

問うた理由を訊《き》かれれば、能見石見守が困惑する。

「越中守さまに尋ねて参れと命じられまして」

などと言うわけにはいかない。

「そなたは誰の家臣じゃ。そんなに越中がよいのならば、白河へ行くがよい」

家斉を怒らせることになる。

「小姓は将軍の側に絶えずあって、その盾となる者であろう。たとえ四半刻（約三十分）であろうとも御側を外れるのは、お役目をないがしろにすることでございまする。何卒、お供を許されるか、どちらにお出でになるかをお教えいただきますよう。そう申せばよかろう」

松平定信が正論を吐いた。

「小姓はお役目で知ったことを他人に話してはならぬ決まりでございまする」

能見石見守が正論で返した。

将軍の側近くに仕える小姓、小納戸はお役目に就くとき、見聞きしたことを家族であろうとも一切漏らさず、終生口をつぐむという誓紙を入れる。

万一これを破ったときは、放逐される。

「主君との誓いを守れぬ者など、武士にあらず」

武士の名誉である切腹も許されず、下人扱いとして士籍から削られる。もちろん、家は潰れるし、残された者も恥を背負った者として生涯表に出ることはできない。まさに武士のなかの武士と自負している旗本が、それを否定される。しかも将軍から直接、「不興である」と言われるのだ。

小姓組頭はうまく勤めあげれば、大番組頭や留守居、大目付などの顕官《けんかん》へ出世していける。それを棒に振るのは、能見石見守も避けたい。

「余は八代将軍吉宗公の孫である」

ただの家臣ではない。一門であると松平定信が詭弁《きべん》を弄《ろう》した。

「公方さま以外は、御三家さまでもならぬのでございまする」

能見石見守が無理だと断った。

「将軍ならばよいのだな」

「それはそうでございますが……」

なにを言い出すのだと、能見石見守が怪訝《けげん》な顔をした。

「わかった。ご苦労であった。なれど、このままではそなたに功績はない」

「そんな……」

手柄ではないと言われた能見石見守が情けない声をあげた。

老中首座の松平定信に付くことで、その贔屓《ひいき》を受けて出世の道を歩みたいと能見石見守は願っていた。

そのためわずかなことでも報せるべきだと考えて、家斉と小笠原若狭守が御用の間へ籠《こ》もったことを持って松平定信のもとへ急いだのだ。

それを無駄と言われては、能見石見守としてはたまらなかった。

「手柄が欲しいか」

「是非に」

松平定信に言われた能見石見守が身を乗り出した。

「なれば、御用の間にある書物を手に入れて参れ」

「盗《と》ってこいと」

「他人《ひと》聞きの悪いことを言うな。中身を見たら返すわ」

息を呑んだ能見石見守に松平定信が頬をゆがめた。

「借り出すだけじゃ。すぐに戻す。それならば盗ったことにはなるまい。借りるだけじゃ」

「はあ」

腑《ふ》に落ちていない顔を能見石見守がした。

「それができねば、もう顔を見せるな」

「越中守さま」

見捨てると言った松平定信に能見石見守が蒼白になった。

「わかったな」

「お、お待ちを」

すがろうとする能見石見守に一瞥《いちべつ》をくれて、松平定信が御用部屋へと消えた。

「ああ」

御用部屋には足を踏み入れられない。未練がましく手を伸ばした能見石見守だったが、壁のように塞《ふさ》がる襖を前にあきらめるしかなかった。

第二章　上役と下役

一

武鑑を手に入れた大伍は、居間と決めた庭に面した八畳間で寝転がりながら、目を通していた。

「とりあえず、小姓か小納戸を調べろか」

小笠原若狭守からの指図を大伍は思い出していた。

「小姓と小納戸か」

どちらも将軍のすぐ側にいる。一応、小姓は将軍の警固《けいご》を、小納戸は将軍の身の回りの世話をと役目は分かれている。

それよりも大きな差があった。

身分である。

小姓は名門譜代の高禄旗本の子息が多く、小納戸は数百俵から五百石くらいの旗本が就く。

他にも小姓は推薦に近い形でその任に就くが、小納戸は自薦だとかの差があった。

「若狭守さまは、公方さまの腹心となる者を至急に探せと言われたな」

大伍は武鑑の役人編をめくった。

「二心ある者はならず。そう言われてもなあ。他人の心のなかなんぞわかるはずはなし」

将軍の腹心が、裏切っている。あるいは誰かの紐《ひも》付きであったら、大事になる。

小姓が敵になれば、将軍はいつ襲われても不思議ではなくなるし、小納戸が回し者ならば、将軍の食事に毒を盛ることくらいはしてのける。

「公方さまもたいへんだな」

もちろん、将軍に手を出せば、その身は破滅する。謀反《むほん》として扱われ、己は磔獄《はりつけごく》門《もん》、死んでいたとしても死体を磔にして、槍を突き刺し、首を晒《さら》す。なにより謀反は九族皆殺しが決まりである。

八代将軍吉宗が連座を停止したが、これは民だけであって武家には適応されない。

つまり生まれたての赤子から、祖父母にいたるまで死罪になった。

そのうえ遡《さかのぼ》って、徳川家へ仕えていたという記録は破棄され、先祖代々の墓も破棄される。

こうなるとわかっていて、家斉を襲う者はいない。

「公方さまのお言葉を外に漏らすくらいはするだろう。ようはそうでない者を探し出せということだ」

「問題は能力……」

大伍は小笠原若狭守の言う二心なき者という意味をそう捉えていた。

将軍の腹心になるのだ。二心ないなど当たり前である。

腹心はまちがいなく、将来の執政候補になる。

「今の老中方が引退するまでに、次を育てておく」

施政者として当然の考えであった。

「ごめん」

どうするかと悩み続けている大伍の屋敷を訪れる者がいた。

「どなたか」

大伍が起きあがって、門まで出ていった。

「よろしいかの」

「坂口《さかぐち》どの。どうぞ」

来客は小笠原若狭守の用人坂口一平《いっぺい》であった。

大伍は坂口一平を迎え入れた。

「申しわけないが、人がおらぬで茶も出せぬ。白湯でご勘弁願いたい」

「おかまいなく」

女中を雇う余裕はまだない。大伍が詫《わ》びたのを坂口一平が手を振って気にするなと返した。

「では、今日はなにを」

大伍が用件を訊いた。

「まずは、不意の来訪をお詫びいたしまする」

坂口一平が頭《こうべ》を垂れた。

いくらときの権力者の一人、御側御用取次の用人とはいえ、陪臣《ばいしん》でしかない。薄禄の大伍でも直臣《じきしん》として、敬《うやま》わなければならなかった。

「お気になさらず」

今度は大伍が手を振った。

「主《あるじ》より伝言を預かっておりまする」

「それは……」

慌てて大伍が下座へ動いた。

陪臣でも主君の使者とあれば、その任にある間は小笠原若狭守と同じ扱いをしなければいけなかった。

「公方さまが、成果をお求めである。早急に役目を果たせとのことでございまする」

「……公方さまが」

大伍がより頭を低くした。

「他には」

「ございませぬ」

追加はあるかと問うた大伍に、坂口一平が首を横に振った。

「ならば……」

大伍がもとの座へと戻った。

「いかがでございましょう」

坂口一平が進捗《しんちょく》状況を訊いてきた。

「下調べをしている最中でござる」

まだ武鑑を買いこみ、少し見たていどでしかないが、まちがってはいない。

「それは重畳《ちょうじょう》」

坂口一平が満足げに首肯した。

「できるだけお早めにご報告をいただきたく存じまする」

「貴殿にお報せすれば」

大伍が結果が出たときはどうするのかを確認した。

「拙者にお申し付けいただければ、主との面談を準備いたしまする」

坂口一平が答えた。

「承知、急ぎましょう」

家斉を待たすわけにはいかなかった。権力者は気が短い。少し遅れただけで役立たずとして切り捨てられることもある。

大伍がうなずいた。

「これを」

懐から坂口一平が包みを取り出した。

「主からの合力《こうりょく》でございまする」

「これはかたじけない」

金だと聞いた大伍が歓喜した。

「二両ござる。次は報告の折にと」

「…………」

坂口一平の言葉に大伍が黙った。結果が出るまで次はない。すなわち金で釣られているとわかったからである。

「では、これにて」

用はすんだと、坂口一平が帰っていった。

「犬だな」

一人になった大伍が自嘲《じちょう》した。

二十俵であろうが千石であろうが、御側御用取次から見れば、小身者でしかない。

ましてや将軍からすれば、大伍など犬以下であった。

「一度は名前を呼んでいただけたが、もうお忘れであろう」

主君に名前を覚えてもらうのは家臣としての誉《ほま》れであり、出世の階《きざはし》を昇る第一段目である。

数日前、大伍は家斉から名前を呼んでもらって、末代までの誇りと歓喜していた。

「のんびりしていると、任を免じられる」

小笠原若狭守が急かしてきた裏側に家斉の焦りがあると大伍は見ていた。

「他の者にさせよ」

家斉がそう言うだけで、大伍の命運は尽きる。

将軍と御側御用取次の密命を受けたのだ。

役に立たなかったからといって、そのまま小普請組で放置されることはない。

「要らぬことを口にされては面倒だ」

大伍の排斥は決定している。

「犬より軽い命……」

武鑑をもう一度開いた大伍が吐き捨てた。

「出世するか、野辺に骸《むくろ》を晒すか」

万一、大伍を片付けるとなったとき、家斉はもちろん小笠原若狭守は表だって動かない。

「射貫大伍に切腹を命じる」

「罪状はいかなるものでございましょう」

いかに小身とはいえ、切腹させるにはそれだけの理由が要った。当然、目付が問う。

「お気に召さぬことこれあり」

将軍が使う理由をあきらかにできないときの名分も大伍には効かないのだ。なにせ、

大伍は目見え以下、家斉の機嫌を損ねるなどあり得ない。

「お庭番、伊賀者」

表で大伍を始末できないとなれば、裏で命を奪うことになる。

山里伊賀者だった甲田葉太夫《かぶとだようたゆう》と大伍は遣《や》り合い、見事に勝利していた。しかし、こ

れは一対一で顔の見える戦いだからこそ、どうにかなっただけで、手裏剣、毒薬、目

くらましなど搦《から》め手を遣われれば、勝利はおぼつかない。

なによりお庭番も伊賀者も忍である。武士と違って正々堂々など気にもせず、数人がかりで襲ってくる。忍にとって、命じられた任を果たしたかどうかが重要であり、そこに正義も美しさもかかわりはなかった。

「……刺客として来るのは、黒鍬かも知れぬ」

大伍は震えた。

森藤家との付き合いもあり、大伍は黒鍬者の実力をよくわかっている。

「親爺どのが敵に回れば……」

木刀しか帯びることを許されていないとはいえ、刀が遣えないわけではない。

「よくて相討ち」

大伍もそれなりの自信はある。それでも名人上手ではないし、なにより経験が少なかった。甲田葉太夫との戦いが、初めての真剣勝負だった。

小人目付だったころに、忍びこんだ先で発見されて追われたことは何度もあった。戦ったこともある。

だが、役目で隠密をしているときは、なにがあっても生きて帰らなければならない。

苦労して手に入れた密事でも、戻らなければ無駄になる。

小人目付としての戦いは、逃げるための、生き延びるためのものであった。

「佐久良を敵に回すのは避けたい」

さすがにおむつを替えたことはないが、幼なじみである。

「あやつに毒を盛らせるのは避けたい」

佐久良も譜代の黒鍬者の娘、家が、父親が何をしているかは知っているし、理解もしている。

とはいえ、大伍とのつきあいは長く、深い。

「後を追ってあげる」

居間で呻吟《しんぎん》していた大伍に、佐久良の声が降ってきた。

「なっ、どこから」

不意に現れた佐久良に、大伍が慌てた。

「鍵預かったまま」

佐久良が鍵を見せた。

「ああ、そうであった」

　ようやく大伍が落ち着いた。

「いや、どこから聞いていた」

「あたしを敵に回すのは避けたいってところから」

　顔色を変えながら訊いた大伍に、佐久良が答えた。

「なんの話」

　許可も得ずに居室へ入った佐久良が、大伍の正面に座った。

「たいしたことではないというごまかしは……」

「利くと思っているなら、あたしが大伍さまを見誤ったことになるわ」

　佐久良がていねいな口調を捨てた。

「当然だな」

　大伍が嘆息した。

「白湯を入れてくれ。佐久良の分も」

　考えをまとめる刻《とき》を大伍は欲した。

「はい」

　佐久良が部屋の隅にある火鉢の灰を崩し、燠火《おきび》になっていた炭を熾《お》こした。

「…………」

鉄瓶の立てる音だけが居間を支配した。

「……はい」

少しして佐久良が、白湯の入った湯飲みを二人の前に置いた。

「すまぬな」

湯飲みを手にして、大伍が口を付けた。

「いただきます」

佐久良も湯飲みを持ちあげた。

「さて、佐久良どのよ。お互いの平穏のためだと聞かなかったことにして帰る気は……」

「ございません。わたくしがなぜ大伍さまに毒を盛らねばなりませぬ。その理由が納得できるようにご説明をいただきまする」

険しい顔で佐久良が要求した。

「御用にかかわることだ」

「それがどうかいたしますのか」

お役目を言い出しても、佐久良は平然としていた。

「なにより、大伍さまは無役でございましょう。御用があるはずはございません」

あっさりと佐久良が一蹴した。

「……迂闊《うかつ》だったな」

大伍が天を仰いだ。

「わかった。だが、御用というのは偽りではない。そこに関しては話をするわけには参らぬ」

「はい」

真剣な表情になった大伍に、佐久良が首肯した。

「小人目付を辞めたのは、別のお役目へ就くためである。そして、この屋敷もそのために与えられた」

「…………」

口を挟むつもりはないと佐久良は無言で聞いた。

「その御用のことで、場合によっては黒鍬者と対峙《たいじ》するかも知れぬ」

「それで、わたくしに毒を盛られると」

佐久良が口調をもとに戻した。

「はあ、大伍さまは愚かにもほどがあるわ」

すぐにくだけた。

「そこまで墜《お》ちるわけないでしょ」

「しかし、父に言われれば……」

「蹴飛ばしてやるだけよ。そんなことを言う人は父ではないとね」

佐久良が胸を張った。

「…………」

ぐっと張り出した膨らみに、大伍が一瞬気を取られた。

「どこを見ているのかしら」

すぐに佐久良が気づいた。

「いや、あの」

「まあいいわ。男が女を欲しがるのは摂理だもの」

気まずそうな大伍に、佐久良が苦笑した。

「ただし、あたしが父と敵対したら、ちゃんと面倒見てくれるように」

「面倒……」

「胸を見ておいて、今さらとぼける気」

首をかしげた大伍に、佐久良の機嫌が悪くなった。

「駆け落ちすると」

「そんな生活を危うくするようなまねはしないわ」

大伍の言葉に、佐久良があきれた。

「嫁に来るから」

佐久良が微笑《ほほえ》んだ。

二

宣言をした佐久良を置いて、大伍は屋敷を出た。

「佐久良を嫁にもらうのがいいが、それは森藤と敵対しないことが大前提だ」

大伍は無役の御家人が無気力に徘徊《はいかい》しているような雰囲気を出しながら、目的地を目指した。

「文句はないが……」

すでに尻に敷かれている気がすると大伍はため息を吐《つ》いた。

「やるしかないな」

大伍は肚《はら》をくくった。

深川伊勢崎町は、江戸の中心からかなり遠い。

「神田駿河町……か」

小人目付は目付の江戸巡回の供をする。目付はなにも考えずに騎乗で威張るだけでよいが、小人目付はそれですまなかった。

「行き止まりではないか」

勝手に動き回っていながら、進めなくなると目付は小人目付に当たる。

「目付に後ずさりをしろと」

旗本のなかの旗本と自負している目付は、後ろとか下がるとかを極端に嫌う。

「こちらへ」

そうならぬように小人目付は江戸の町を熟知していなければならなかった。

「東角……あれだな。立派な門構えよな」

武家屋敷は門札を掲げない。あらかじめ、絵図などで確認しておかないと、このあたりだろうでは着いてから慌てる羽目になる。

さすがに大伍もどこに誰の屋敷があるのかまでは把握していない。

「能見石見守どのか。三河安城譜代で石高は二千三百石、二年前に書院番組頭から小姓組頭へと転じた」

さりげなく屋敷に目を配りながら、大伍が武鑑で仕入れた知識を反芻《はんすう》した。

「気配はなしか。ありがたい」

大伍が呟《つぶや》いた。

「……今」

この辺りは武家屋敷が並ぶため、人通りが少ない。とくに出勤や門限ではない昼日中ほど武家は出歩かないだけに、人気《ひとけ》はほとんどなかった。

大伍は素早く能見石見守の屋敷の塀を乗りこえた。

武家屋敷の塀は町人の屋敷と違って高いが、それでも城ではないだけに、うまく手をかければ、道具なしに入り込める。これが城となると、刀を足場に使うことも考えなければならないが、そうなるとどうしても手間取るし、踏み場にした鞘《さや》の跡が残ってしまう。

「庭の手入れはされているな。一気に屋敷へ近づくのは難しいか」

武家屋敷の塀は家臣の長屋の壁でもある。

長屋の屋根の上に腹ばいになった大伍が見て取った。

庭の手入れが行き届いていると見通しが良く、身を潜める場所がない。

「二千三百石となれば、家臣は士分は十人、足軽が十五人、小者が二十人ちょっととというところだろう」

幕府の軍役は何度か改訂されている。泰平になったことで戦が不要になり、過度な軍役は無駄な費《つい》えを生むだけになったからであった。

一応、役に就いたならば、足を引っ張られないために体裁だけは整える。それは登城するときだけに雇う供であり、口入れ屋に頼めば手配してもらえる。いうまでもなく、行列の行き帰りだけなので、屋敷に住んでいるわけではなかった。

「実数はその半分少しというところか」

家政への負担を軽減しなければ、諸色の高くなった江戸では旗本も大名も厳しい。

倹約を幕府は何度も打ち出しているが、一度覚えた贅沢《ぜいたく》はなかなか止《や》められないのだ。

白米の味に慣れた者に五分の玄米だとか麦飯を食えと命じたところで、まず従うことはない。

「不要な者を放逐する」

己の贅沢は我慢できなくても、家臣は放逐できる。なにより、人を減らせば確実に藩政に余裕はできた。

「少し待つとするか」

同僚が放逐される。それを目《ま》の当たりにした者たちはどうするか。

「働かねばならぬ」

価値を見せつけて解雇を免れるようにするか、

「どうせ、いつかは」

同じ目に遭わされると達観して怠惰《たいだ》になるかであった。

「お戻りいいい」

独特の声とともに、能見石見守屋敷の門が開いた。

「帰ってきた」

大伍は玄関が見えるように位置を変えた。

「お戻りなさいませ」

老年の用人が、玄関式台に平伏して能見石見守を迎えた。

「うむ。今日はなにかあったか」

「なにごともなく、無事でございまする」

用人が能見石見守の問いに答えた。

「疲れた。夕餉の前に少し酒《ささ》を口にしたい」

「用意をさせまする」

能見石見守の求めに、用人が応じた。

「……家臣たちの動きはそこそこだが、慣れた感じはしない。これは最近、家臣たちになにか朗報があったと考えるべき。ふむ。これは主が立身出世すると匂わせたな」

奥へ入っていった能見石見守を見送った後も、家臣たちが気を抜かなかった。というよりも必死に仕事を見てもらいたいと、ちらちら屋敷の方を見ている。

大伍はその様子から、推測をたてた。

「今のうちだな」

手慣れていないと大伍が判断したのは、能見石見守の家臣たちが主の帰還を知って、そちらに注意を向けてしまったところにあった。

誰もが玄関あるいは、主の居室へと気を持っていかれている。お陰で庭の警戒が緩んだ。

その隙を大伍は利用した。

だからといって走るわけではなかった。武家にとって走るというのは、一大事に繋がる。走っていれば、注目を浴びる。

大伍は堂々と庭を歩いて渡った。

「床下では聞こえぬ」

聞き耳を立てるうえで、床板、畳と厚みのある床下は不便であった。

すっと屋敷の縁側へあがった大伍は、手近の空き部屋を探り当てるとそこの押し入れを使って天井裏へと忍んだ。

天井板一枚しか隔てるものがない天井裏は聞き耳を立てるにも、ずらして下を覗《のぞ》き見るにも便利であった。

ただ天井板は薄いため、迂闊に動けば音や気配が漏れるし、下手をすると踏み割って下へ落ちることになる。

大伍は天井板ではなく、梁《はり》を使って目的の部屋へと動いた。

「……まったく、越中守さまは、御命がどれほど困難なものかおわかりではない」

酒を口にした能見石見守が用人を相手に愚痴をこぼしていた。

「殿、ご執政筆頭さまの悪口は……」

「わかっておる。屋敷のなかでしか言わぬわ」

諫《いさ》めた用人に能見石見守が手を振った。

「公方さまと御側御用取次どのの密談を盗み聞けなど無理に決まっておる」

「それはたしかに」

用人も相槌《あいづち》を打った。

「そのようなまねをしているところを誰かに見られれば、余はおしまいじゃ」

ぐっと能見石見守が酒を呷《あお》った。

「しかし、越中守さまのお指図となれば、できませんでしたでは通らぬ」

能見石見守が盃《さかずき》を置いた。

無理だと断ったが、それでは無能と判断される。

「書棚のものを持ち出せ」

一応、命令は変更されているが、それを果たしたていどでは松平定信の評価はあがらないと能見石見守は理解していた。

「なかなか気が利く」

権力者にそう思わせるには、できないと思われていたものを果たすことが必須であった。

「ならば、小姓か小納戸のどなたさまかに命じられてはいかがでございましょう。殿は小姓組頭さまでございます」

上司命令を使えばいいのではないかと用人が提案した。

「むうう」

盃を手に仕掛けた能見石見守が考えこんだ。

「命じた者にいろいろ知られることになるぞ」

「そこは引きあげてやると条件を付ければ」

二の足を踏む能見石見守に用人が述べた。

「褒賞で釣るか……問題は、そやつが見つかったときに吾が名を出したらば……」

能見石見守が危惧を口にした。

「口止めは利きませぬか」

「己の命運がかかっているのだ。口止めなんぞなんの役にも立つまい。主従ではないぞ。それどころか、罪を軽くしてやると言われれば、要らぬことまでしゃべるぞ」

「それは……」

用人が唸《うな》った。

「忍を雇うというのはいかがでございましょう」

「……忍、伊賀者か」

新たな提案をした用人に、能見石見守が怪訝《けげん》な顔をした。

「これは用人のなかで噂されているだけで、本当かどうかはわかりませぬが、金さえ出せば、忍を雇うことができると」

用人が説明した。

「忍を雇ってどうするのだ」

能見石見守が問うた。

「これは聞いた話でございます」

しつこく用人が念を押した。

「なんでも他人の家に忍びこませて、ものを盗ってこさせたり、人を掠《さら》わせたり、場合によっては人を殺すこともできるとか」

「なんだとっ」

聞いた能見石見守が驚愕《きょうがく》した。

「そのようなまねをいたす者がおるとは……」

「あくまでも聞いた話でございまする」

主の勢いに用人の腰が引けた。

「三河以来の名門である能見家がそのような怪しげな者と付き合うわけにはいかぬ」

「出過ぎたことを申しました」

能見石見守の言葉に、用人が頭《こうべ》を垂れた。

「とはいえ、そなたが勝手にいたすことまでは知らぬ」

「えっ」

続けた能見石見守に、用人が呆然《ぼうぜん》とした。

「そなたが主家のことを思っていたすのなら、余は咎《とが》めぬ」

「はあ」

まだ用人は理解できていなかった。

「わからぬのか。そなたが忍を雇えと申しておる」

「……つっ」

ようやく用人が思い当たった。

「少し待て」

能見石見守が立ちあがって、違い棚に置かれている手文庫を開いた。

「これで足りよう」

小判を三枚、能見石見守が持ち出した。

「これは日頃のそなたの奉公への褒美である。どのように遣うかはそなたの勝手である。もし不足があれば、後で加えてやる」

あくまでも能見石見守はかかわりはないと告げた。

「…………」

差し出された小判を受け取ることなく、用人が能見石見守を見上げた。

「もし、余が立身し、加増を受けたならば、そなたに五十石足してやろう」

「五十石……でございますか」

能見石見守の条件に用人が興奮した。

用人は大名家でいうところの家老に当たる。家中の采配をおこなうだけでなく、他家とのつきあいもこなす。まさに旗本の懐刀ではあるが、主君の領地が一万石以上あるわけではないだけに、家禄はさほどではなかった。

千石の家老なら三十石、二千石で五十石から八十石というあたりである。その身代に五十石の加増は大きい。

「殿、あと二両いただきたく」

用人がやる気になった。

「五両か……これ以上は出せぬぞ」

追加はしないとやる気になった用人へ、能見石見守が言った。

「自前でございますか……わかりましてございまする」

一瞬、脳裏に算盤を置いた用人が決断した。

「下がってよい」

「はっ」

酒の相手はもういいと能見石見守が用人へ手を振った。

「ああ、急げよ」

部屋から出かかった用人に能見石見守が声をかけた。

「……………」

大伍は静かに能見石見守の頭の上から離れた。

「忍が雇えるなど聞いたことはない」

江戸市中見廻《みまわ》りも経験している大伍は、天下の城下町なればこそある闇や裏のこともあるていどは把握していた。

賭博《とばく》、御法度《ごはっと》の隠し遊女、人殺し、人さらいなどをする無頼《ぶらい》がいるともわかっていた。

それでも忍のことは聞いたことさえなかった。

「用人を追うべき」

大伍は能見石見守から得られるものより、こちらを優先すべきだと判断した。

三

ふたたび長屋の屋根へ戻った大伍は、裏門を見張った。

用人は能見石見守の重職であり、表門を遣うことはできるが、用件が用件だけに堂々と出ていくとは思えなかったからだ。

「来た」

一刻（約二時間）ほどして、用人が裏門に現れた。

「御用にて出る。帰ってくるつもりだが、亥《い》の刻（午後十一時ごろ）を過ぎて帰って来なければ、閉めてよい」

「へい」

門番足軽にそう言い残して用人が能見屋敷を出た。

「…………」

その後を十分間合いを空けて大伍が付けた。

「浅草ではなさそうだ。ということは深川か」

神田駿河町を出た用人は北ではなく東へと歩を進めた。

無頼は閑静な武家屋敷に縄張りを持つことはない。金にならないからだ。無頼はそのほとんどが浅草や、深川、両国などの繁華な場所を好んで生きている。

大伍は用人の向かった先を予想した。

「南だと」

深川へ向かうならば、両国橋を渡るのが通常である。それを用人はまっすぐではなく右へ曲がった。

「となると品川……」

江戸ではないが品川も繁華なところであった。なにより高輪の大木戸をこえることから町奉行所の管轄ではなくなる。悪事をするには品川ほど適した場所はなかった。

「品川は知らぬ」

目付の仕事は江戸城下であって、東海道第一番目の宿場となる品川はその範疇《はんちゅう》には入っていない。

「…………」

品川ならば知らぬことがあっても不思議ではないと大伍は納得した。

「……馬鹿なっ」

のんびりと用人の背中を見ていた大伍が、絶句した。

用人は東海道を進むのではなく、日本橋の表通りに並ぶ一軒の大店《おおだな》へ入っていったのだ。

「白木屋《しろきや》ではないか」

用人の入っていったのは、日本橋一の大店白木屋であった。

白木屋はもともと京都の材木店であった。材木店とはいいながら、小間物《こまもの》、木綿ものなどを扱っていた白木屋は江戸の発展に目を付け、三代将軍家光のころ日本橋へ進出、小間物屋を始めた。そこから白木屋は商売の手を広げ、ちりめん、紗《しゃ》、絹物などを扱うようになり、今では押しも押されもせぬ呉服屋として日本橋に君臨していた。

「買いものか」

白木屋に入った用人の目的を大伍はそう考えた。

「何を買う気だ」

目立たないように気を遣いながら、大伍は白木屋のなかが見通せる位置へと進んだ。

「……姿がない」

大伍が唖然《あぜん》とした。

白木屋は暖簾を潜ったところに土間があり、その奥に腰をかけるのにちょうどいい高さの板の間があった。

その板の間で商いをするのである。

もちろん上客のための客間もある。表から見えない奥に通されて商談をする。

「奥へ通される客とは思えぬ」

大店ほど客の格付けは厳しい。

白木屋の客でも奥へ通されるのは、上客だけであった。もっとも真の上客は店に来ない。店の方から出向く。

「通り抜けた……いや、違う」

表から入って裏から出る。

追跡者を撒《ま》きたいとき、あるいは急ぎなどで遣うことは大伍もあった。

だが犯罪者が捕吏《ほり》を撒くためにおこなう可能性もあり、よほどの顔なじみでもなければ難しかった。とても用人にできるものではなかった。

「用人め、他人に聞いた話だと強調していたが、知っていたな」

大伍が嘆息した。

「まさか、白木屋がそのようなことをしているとは」

幕府の出入りもしている白木屋が闇と繫がっている。大伍は予想外のことに困惑した。

「……忍びこむのは無理だ」

夕暮れに近い日本橋は人通りが多すぎた。

「…………」

じっと立ち止まっていると他人の注意を惹《ひ》く。

大伍は人に紛《まぎ》れて日本橋を行き来し、用人が出てくるのを待った。

「小半刻ほどか」

ようやく用人が白木屋を出た。

「見送りが着かぬということは、やはり客とは言えぬ」

白木屋だけではないが、まともな店は客が帰るとき、店の前まで見送りに出る。それがないということは、用人は白木屋でなにも買わなかったとの証《あかし》であった。

店を出たところで、用人が懐の紙入れを出して、中身を確認した。

「はあ」

小さな嘆きを漏らして、用人が来たときと逆の道をたどって、帰途についた。

「…………」

そのまま大伍は用人の後を付けた。

「戻った」

「お帰りなさいませ」

能見屋敷の裏門が用人の声で開かれ、そのなかに用人は吸いこまれた。

「報告するはず」

左右を見て、大伍がもう一度能見石見守の屋敷へ忍びこんだ。

「殿」

「源内《げんない》か。入れ」

さすがに酒はもう終えていた能見石見守が、用人に入室の許可を出した。

「どうであった」

能見石見守が急くように訊いた。

「頼んで参りましてございまする」

「おおっ。で、いつやる」

用人の答えに能見石見守が期待を見せた。

「まだ引き受けてくれるかどうかはわかりませぬ」

「どういう意味じゃ。そなたは今日、その忍と会ったのではないのか」

能見石見守が戸惑った。

「本日は仲介をしてくれる者を訪れただけでございまする」

「誰じゃ、そやつは」

「お知りになられまするか」

問うた能見石見守に源内と呼ばれた用人が尋ねた。

「……むっ」

かかわらないといった手前もあり、能見石見守が詰まった。

「返答はいつ」

「引き受けてくれるならば、なにもございませぬ。ただ、後日結果が報されるだけ」

「では、引き受けぬ場合はどうなる」

「数日中に金が戻されまする」

次々と質問を重ねる能見石見守に源内が述べた。

「金だけ取られるということは」

「そのようなまねをすれば、たちまち用人の間で噂になり二度と客は参りませぬ」

源内が首を横に振った。

「決まりごとなのだな」

「さようでございまする」

念を押した能見石見守に源内が首肯した。

「そなた知っていたな」

こうもすらすらと話せば、気づいて当然であった。

能見石見守が源内を睨《にら》んだ。

「代々、用人が受け継ぐ事項でございまする」

「当家の秘事……」

「いえ、ちょっとした旗本の家ならば、受け継がれておるかと。わたくしも家督を受け継ぐときに父から教えられましてございまする」

「なんだと。ということは隣も向かいも知っていると」

「おそらくは」

源内が肯定した。

「では、他家に知られてしまうではないか」

「そのようなご懸念はご無用でございまする。決して依頼の内容を漏らすことはございませぬ」

顔色を変えた能見石見守に源内が首を横に振った。

「大丈夫なのだろうな」

「もし、そのようなまねをしたならば、痛い目に遭うのはあちらでございまする」

源内が告げた。

「……たしかにな」

もし白木屋が仲立ちをしているならば、その中身が漏れた場合、白木屋はその築きあげてきた信用を失う。

商人が信用を失えば、店はもう終わりであった。

「なにかあっても、余には迷惑をかけるなよ」

「……はい」

保身を忘れない能見石見守に、源内が表情をなくした。

大伍はそのまま能見石見守のもとを離れ、自宅で寝転がった。

「白木屋がそのようなまねをするとは思えぬが」

まだ見慣れていない天井を見上げながら、大伍が悩んだ。

江戸で一日に千両稼ぐところが三カ所あると言われている。

一つは吉原である。江戸唯一の公認遊郭はその規模も図抜けて大きく、抱えている遊女の数も千人をこえる。客も一日に数千人やってくる。たしかに安い端女郎ならば、一朱もあれば遊べるが、太夫《たゆう》ともなれば一夜で十両はかかる。合わせれば千両を軽く凌駕《りょうが》した。

二つ目が日本橋の魚河岸《うおがし》であった。まさに江戸の食を支える魚河岸は、その活気のすごさからもわかるように、商いの数がとてつもない。それこそ千両ではきかないくらいに金が集まった。

そして三つ目が白木屋であった。各大名の出入り、幕府御用達であり、大奥も手中にしている白木屋の商いは、天下一と言っていい。大名の姫君の嫁入りなども一手に引き受けている。さらに男のいない大奥の女中たちが互いの贅沢さを競うための打掛けなども白木屋が独占している。一枚数百両をこえる品物が何枚も売れるのだ。千両くらいあっというまであった。

江戸一の金満家といえる白木屋が、闇を仲介して手に入る手数料などをあてにするはずはなかった。

「となると義理か」

どれほどの金持ちでも義理は欠かせない。恩ある相手ならば、頼まれれば嫌とは言えない。

「白木屋に首を縦に振らせ、忍との伝手《つて》もある……そんな者がいるのか」

大伍は謎にはまっていた。

「これは報せるべきだの」

己で考えることを大伍は放棄した。

翌朝、目覚めた大伍は余っていた冷や飯を湯漬けにして、身形《みなり》を整えると小笠原若狭守の屋敷を目指した。

「坂口どのにお伝えを願いたい。射貫が来たと」

「しばしお待ちを」

話が通っているのか、あるいは家中の者の名前が出たからか、門番はすぐに対応してくれた。

「どうぞ」

門が人一人分だけ開けられた。

武家屋敷も門は城門と同じであり、いざ鎌倉というときか、主あるいは格上の来客、格別の許しを得た家臣以外では開けられることはなかった。

「潜《くぐ》り門を通れと言われぬだけましだな」

大伍は小笠原若狭守の気遣いに少し気分をあげた。

「射貫どの、こちらへ」

坂口一平が玄関脇に立っていた。

「お忙しいところを申しわけない」

詫びながら大伍が坂口一平へ寄った。

「なにかございましたか」

密談は外でするに限る。素通しだけに、聞き耳を立てようとしている者にもすぐに気づける。

「いささか……」

大伍は能見石見守のことを語った。

「雇われ忍でございまするか」

坂口一平が険しい表情になった。

「……ううむ。これはわたくしでは扱いかねまする。どうぞ、主に直接おはなしいただきますよう」

己の分をこえると坂口一平が首を横に振った。

「今夜にでもお尋ねすれば」

「忍がかかわっているとなれば、少しでも早いほうがよろしいでしょう。こちらから主には報せを出しておきますゆえ、射貫どのはあちらへ……」

「……なにをっ」

坂口一平の言葉に大伍は驚愕した。

「主から伺っておりまする。今からならば、昼八つ（午後二時ごろ）なら大丈夫かと」


御用の間のことをなぜ知っていると驚いた大伍に、坂口一平が答えた。

「なんともご信頼篤《あつ》きことでござるな。いや、失礼をいたしました」

大伍は驚いたことを詫びた。

「では、そのようにいたしましょうぞ」

続けて、御用の間へ出向くことを、大伍は承知した。

四

御用の間は江戸城の抜け道に繋がっている。

今となってはあり得ない話だが、万一江戸城が攻められもう保《も》たないとなったとき、将軍を甲州への出口である山里曲輪《くるわ》まで無事行かせるために作られた。

その入り口、正確には出口は山里曲輪近くにあり、普段は東屋《あずまや》に偽装されていた。

当然、厳重に警固されてしかるべしだが、普段なにもないところで将軍や将軍世子が近づくことはない。そんなところに警固の武士を配置すれば、かえって目立ってしまう。

入りこんでさえしまえば、そのまま将軍御用の間近くまで行けてしまう抜け道は、まったくの放置状態であった。

「………」

その東屋に大伍は入りこんだ。

江戸城は大手門や平河門を除いて、基本出入り自由であった。これは城が大きすぎ、反対側まで回るとなれば、かなりの距離になる。それでは民が哀れであろうと諸門の通行は日のある間だけ認められている。もちろん、表御殿を含む内郭《うちぐるわ》には用がなければ入れない。

しかし、御家人や旗本は別であった。一日に千人をこえる大名、旗本、御家人が登城して役目に就くのである。一々、どこの誰で、何の役目を果たしているかを問うている暇などないし、調べたところでそれが本当かどうかはわからないのだ。

「拙者の顔を知らぬとは怠慢である」

「役目に遅れるではないか」

身元調べをすると確実に苦情が出る。

なにより下手に力のある者の足留めをして、手痛いしっぺ返しを喰らってはたまらない。

江戸城内郭の諸門は武士の格好さえしていれば通れた。

「遠回りだがな」

ちらと大伍は山里曲輪を見た。

どこでも通れるといったが、山里曲輪だけは別であった。ここは、いざというとき将軍が江戸城を出るための抜け道を兼ねている。そこを好き放題に行き来させては、郭の構造から警固の配置まで知られてしまう。

そうなっては抜け道の意味がなくなってしまう。

山里曲輪は、老中、庭之者《にわのもの》、鷹匠《たかじょう》、餌差《えさし》、黒鍬者など決められた者以外は出入りできない決まりであった。

本日は常盤橋《ときわばし》御門から大回りをした大伍は、直近にある出入り口を恨めしげに見てから、東屋の床に隠された出入り口を開け、身を滑りこませた。

「……………」

そこで大伍はしばし気を尖《とが》らせた。

「……後追いはないいな」

十分なときを空けて、大伍が安堵の息を吐いた。

東屋に抜け道の出入り口があると知っている者は少ないが、それでもまったくいないわけではなかった。山里曲輪を警固する山里伊賀者もその一つであり、万一大伍が東屋に近づいたのに気付けば、かならず追捕《ついぶ》に出る。

しかし、東屋に近づくだけでは罪にならなかった。

なにせ抜け道だから近づくなとは書かれていないし、幕臣たちへの衆知もなされていない。

抜け道に入って初めて山里伊賀者はそいつを捕らえる名分を得る。それを大伍は警戒していた。

この場で後を追う者がいないとなれば、後はさほどの問題ではなかった。

抜け道は細い。大きく作るのは技術的に難しいというのもあるが、逃げているところを敵に追撃されたとき、広いと周りを囲まれる可能性がある。それを考えれば、せいぜい二人が並べるていどがちょうどいい。一人でも追撃の連中を足留めできる。

今も同じであった。大伍の後ろから追っ手が来ても、狭ければ一対一に持ちこみやすい。つまりは数の暴力を避けられる。

抜け道は当然、灯《あか》りはない。ほんの少しの隙間さえないのだ。大伍は右手で壁に触れながら、前に進んだ。

「手触りが変わった」

抜け道の行き当たりは樫《かし》の木で作られた扉であった。樫の木は腐りにくく、鉄のように堅い。この扉を開ければ、御用の間の隣に出る。

大伍はじっと耳をすませて、人の気配が近づいてくるのを待った。

小笠原若狭守は、お城坊主から下部屋に家臣が来ていると報され、お休息の間を出た。

「どうした」

下部屋に入った小笠原若狭守は、なかで控えていた坂口一平に険しい目を向けた。

「申しわけございませぬ。火急にお報せすべきことだと考え、参りましてございまする」

坂口一平が手を突いた。

下部屋は役人の休息の場であった。着替えをしたり、弁当を使ったり、仮眠をしたり、家臣と会うなどをする。下部屋は役目の重さに応じて一人に一つ与えられたり、数人で一部屋というときもある。

御側御用取次は、その役目全員で一つではあったが、当番と交代だけしか出てこないうえ、普段は詰め所である談事部屋に詰めている。下部屋は実質個室であった。

「屋敷になにかあったか」

まず小笠原若狭守は屋敷を慮《おもんぱか》った。

旗本にとって怖ろしいのは、屋敷から火事を出すことであった。江戸は何度も大火に見舞われ、その復興に莫大な金とときを費やした。そのため、火付けは磔のうえ火あぶりという重罪になる。さすがに失火はそこまで咎められることはないが、役職に就いている者は、失火の責任を取るという形で辞任、隠居するのが慣例になっていた。

「いえ」

坂口一平が首を横に振った。

「そうか。ならば射貫だな」

安堵した小笠原若狭守が、大伍の名前を出した。

「さようでございまする」

首肯した坂口一平が大伍から聞いた話を伝えた。

「能見石見守め。公方さまのご信頼をなんと心得るか」

はっきりとした裏切りに小笠原若狭守が罵《のの》った。

「まあいい。いずれ痛い目に遭わせてくれよう」

能見石見守の処分は後回しだと小笠原若狭守が気を落ち着けた。

「それよりも雇われ忍がいるということと、その仲介を白木屋がおこなっておるほうが大事である」

小笠原若狭守が注意すべきは能見石見守ではないと述べた。

「ゆえに、直接、お聞きになりたいかと思い、勝手とは存じておりましたが……」

坂口一平が大伍を御用の間へ向かわせたと告げた。

「いや、よくしてのけた」

小笠原若狭守が坂口一平の出過ぎたまねをしたという謝罪に手を振った。

「八つに御用の間だな」

「そのように手配をいたしておりまする」

「その刻限ならば、公方さまもお出でになられよう」

「なっ……」

家斉も参加すると聞いた坂口一平が卒倒しかけた。

「何を驚いておる。御用の間は公方さまとそのお許しを得た者だけが入ることができる。余だけで御用の間に行くことはかなわぬ」

小笠原若狭守が坂口一平に言った。

「…………」

より坂口一平が顔色をなくした。家斉の許可が要るところへ、大伍を行かせてしまったのだ。これはあからさまな越権行為であった。

「やれやれじゃの。公方さまはお優しいお方じゃ。入り用のこととあれば、決してお怒りにはならぬ」

「射貫どのを勝手に……」

「心配性じゃなあ。そもそもどうやってそなたの名前を公方さまはお知りになられるのだ。余が申さぬ限り、公方さまはそなたのことを気にもなさらぬわ」

「ふう」

笑う小笠原若狭守に、坂口一平が大きく息を吐いた。

「とにかく、ご苦労であった。余は、公方さまにお話をいたさねばならぬのでな。そなたはもう帰れ」

「はっ」

小笠原若狭守にねぎらわれた坂口一平が、一礼をした。


日本橋の白木屋の裏口から、一人の武士が入ってきた。

「いつもながら、きっかりのお見えでございますな」

台所を出たところで番頭の一人が武士を待っていた。

「約束を守れぬものに忍は務まらぬ」

武士が表情のない顔で応じた。

「こちらへ」

世間話をあきらめた番頭が武士を庭伝いに茶室へと案内した。

「しばし、こちらで」

「うむ」

番頭に言われた武士が茶室に入った。

「………」

江戸一と言われる白木屋が自慢する茶室だが、見た目は簡素であった。しかし、見る者が見れば、使われている柱、壁土、畳などの質が尋常でないことはわかる。

武士がさりげなく全体を見回した。

「一休《いっきゅう》禅師の掛け軸に、千利休《せんのりきゅう》作の花入れ、南部鉄器の平蜘蛛《ひらぐも》写しの釜……どれも千金で購《あがな》えるものではないな」

「さすがにいい目をなさっている」

水屋の戸が開いて、白木屋の主が現れた。

「試したくせに」

武士が鼻で笑った。

「ふふふ」

笑いながら白木屋が茶釜の側に腰を下ろした。

「一献進ぜましょう」

「不要。濃茶は匂う」

点前《てまえ》を披露しようとした白木屋を武士がにべもなく断った。

「ならば、わたくしがいただくとしましょう」

自前の茶を白木屋が点《た》てた。

「……で呼び出しはなんだ」

白木屋が茶を一服するまで待った武士が用件を促《うなが》した。

「お仕事のことで」

「ほう、ひさしぶりだな」

茶碗を置いた白木屋が口にしたのを、武士が淡々と受けた。

「内容は」

「盗み聞きでございますよ」

「……それだけか」

白木屋の話に武士が拍子抜けした。

「それがちょっとばかり面倒な場所でございまして」

「どこだ」

言いにくそうな白木屋に武士が問うた。

「お城のなか」

「そのていどか」

御用部屋で老中たちがどのような話をしているのかを知りたがる者は多い。武士がたいしたことではないと嘆息した。

「御用の間で公方さまと御側御用取次さまのお話を盗み聞いて欲しいとのご依頼ですよ」

「…………」

驚きの声を漏らしはしなかったが、武士が目を大きくした。

「まことか……いや、白木屋を通じての話ならば、偽《いつわ》りはない」

武士が疑いかけて、首を横に振った。

「金はいくらだ」

「五両預かっておりまする」

問うた武士に白木屋が懐から小判を出して並べた。

「むっ」

人は数字を聞かされるよりも、現物を見せられるほうが心動かされる。黄金の光に武士が唸った。

「場所が場所すぎる」

武士が難しい顔をした。

「おできになられませぬか」

「できぬとは言わぬが、御用の間だからな」

首をかしげた白木屋に武士が腕を組んだ。

「御用の間とはどのような」

「吾も入ったことはないゆえ、正確にはわからぬが……公方さまがお一人になられたいときに使われるという」

「なるほど。いつも周りを他人に囲まれていては、気が休まりません」

武士の説明に白木屋が首肯した。

「問題は場所が江戸城の奥だということにある」

「それがなにか」

「お庭番の結界を潜らなければならぬ」

尋ねた白木屋に武士が述べた。

「なるほど。それはたしかに困難でございますな」

白木屋がうなずいた。

「内容を聞くだけでよいのだな」

他の用件は含まれていないかどうか、武士が念を押した。

「含まれてはおりませぬ。内容を書状にしていただければ、こちらからお渡しをいたしまする」

依頼主と会うこともないと白木屋が告げた。

「わかった。引き受けよう」

武士が首肯した。

「では、これを」

白木屋が小判を二枚差し出した。

「前金だな」

「はい。後金二両は書状と引き換えに」

確認した武士に白木屋が首を縦に振った。

「一両は取り過ぎだと思うが」

仲介料一両は高すぎると武士が苦情を言った。

「これだけの身代、一両なんぞ要るまいに」

「わたくしは商人。施行をしているわけではございませぬ。一両といえども損はできませぬので」

白木屋が首を横に振った。

「半分にしてくれぬか」

仲介料を武士が値切った。

「鹿間《しかま》さま。このような儲《もう》けの少ないことは今すぐに辞めたいのでございますが」

「…………」

いつ仲介を辞めても困らないと白木屋に言われた武士が黙った。

「白木屋は御上隠密の御用をお手伝いいたしております。任地や扮《ふん》する身分に似合った衣類や小物の用意、費用の立て替え。代々白木屋の主はそれを受け継ぎ、御上にご奉公をして参りました。今でもそれは同じでございます。変わったのはそちらさまでございまする。ずっと伊賀組のお方が隠密御用をなさっておられたのが、八代さまのときよりお庭番さまへと交代になりました」

「くっ……」

鹿間と呼ばれた武士が呻《うめ》いた。

「つまり白木屋は何一つ変わらず、後ろ暗いこともございませぬ。その白木屋が忍仕事の仲介をお引き受けしたのは、鹿間さま、あなたさまのご祖父さまより頼まれたからでございまする。御上隠密御用をお庭番に奪われたことで、伊賀者の方々のもとに入っていた余得がなくなった。隠密御用で遠国《おんごく》へ出向いたときの費用はいくらかかっても、御上には詳細がわかりませぬ。本来ならば二十両ですんだ費《つい》えを三十両として請求なさり、十両を私してこられた。それがなくなったことで伊賀者の皆さまは窮された」

「わかっている」

三十俵一人扶持ていどの禄では、贅沢はおろか、毎日白米を喰うのも難しい。その不足分を隠密御用で浮かした金でどうにかしてきた。その余得が吉宗によって取りあげられた。おかげで伊賀者は切迫した。

娘を嫁に出そうにも、仕度ができない。老父が病に倒れても薬代を出せない。そんな日々をどうにかすべく、御広敷《おひろしき》伊賀者の頭だった鹿間の祖父は顔見知りであった白

た。

つきあいの長い伊賀者の頼みに先代の白木屋がほだされ、仲介役を引き受けてくれた。

「なんとかしましょう」

「我らが出せるのは、忍の技だけ」

木屋にすがった。

「ただし、こちらも商い。利はいただきまする」

こうして今のやり方が生まれた。

すでにどちらも当事者だった先祖は死んでいなくなっている。もう続けていくだけの義理もないといわれれば、それまでなのだ。

「詫びる。白木屋どの。これからも我らを扶助してくれ」

鹿間が頭を垂れた。

第三章　忍の裏

一

御用の間近く、抜け道の出口、家斉からすれば入り口に大伍は潜んでいた。

「……来るのだな」

待つこと一刻（約二時間）弱、ようやく他人の気配が近づいてきた。

「控えておるはずにございまする」

聞き慣れたというほどではないが、小笠原若狭守の声が大伍の耳に届いた。

「うむ。開けよ」

家斉が御用の間の襖を小笠原若狭守に命じて開かせた。

「おらぬではないか」

なかを見た家斉が不満を口にした。

「御用の間に公方さまより先に入るなど、老中にも許されぬことでございまする」

小笠原若狭守が家斉を諫めた。

「むっ」

「呼び出しても」

不足そうな顔をした家斉に、小笠原若狭守が問うた。

「許す」

御用の間の奥へ座った家斉がうなずいた。

「射貫、姿を見せよ」

小笠原若狭守が天井へ向かって呼びかけた。

「はっ」

大伍はまだ開いている襖からなかへ入って平伏した。

「…………」

予想外のところから現れた大伍に小笠原若狭守が鼻白んだ。

「おう、参ったか」

家斉が満足そうに言った。

「閉めよ、射貫」

「はっ」

まずは襖を閉めろと小笠原若狭守が指図をし、大伍は従った。

「もそっと近う寄れ」

家斉が大伍を手招きした。

「…………」

かまわないかどうかを大伍は、小笠原若狭守へ目で尋ねた。

「余より前に出るな」

小笠原若狭守が近づきすぎるなと釘を刺した。

「お召しに従いまする」

大伍はもう一度平伏してから、膝を少し進めた。

貴人からの招きは二度遠慮し、三度目で応じるのが礼儀とされている。だが、ここは三人以外の目がない。それに家斉にはいつ目通り願いが来るかもわからないのだ。

礼儀礼法にこだわっていては、ことが進まなかった。

「なにやら報告があるそうじゃの。よさそうな者を見つけたか」

家斉が綱吉の作った『土芥寇讎記』に匹敵する己の大名録に最初の一人が決まったかと身を乗り出した。

「畏れながら」

大伍は頭を垂れたままで、能見石見守のもとで耳にした話を報告した。

「石見守め、やはり躬ではなく、越中になびいたか」

すでに能見石見守は御用の間に一度無断侵入していた。そのことを大伍から家斉は得ていた。

「公方さま、問題は能見石見守ではございませぬ。あのような小物、公方さまが相手になさらずともよろしいかと」

小笠原若狭守が怒る家斉を宥《たしな》めた。

「能見石見守をそのままにしておくと申すか」

家斉が一層激した。

「お気に召さぬならば、明日にでもどこぞの遠国へ飛ばしてやればよろしゅうございまする。長崎奉行、大坂町奉行、京都町奉行でなければ、二度と立身はかないませぬ」

軽く家斉が手を振るだけで、能見石見守など消し飛ばせると小笠原若狭守が述べた。

「むっ」

不服そうながらも、家斉はそれ以上怒りをまき散らさなかった。

「問題は白木屋でございまする」

「あの白木屋だな」

小笠原若狭守の言葉に、家斉が応じた。

「…………」

なんのことかわからないが、口をはさむのは無礼になるし、知らなくてよいことを知らずにすむことこそ、大伍は小役人が長生きをする秘訣だとわかっている。

「隠密御用立ての白木屋が、忍を仲介していることこそ大事でございましょう」

「であるな」

家斉も同意した。

「わからぬようじゃの」

黙って頭を下げている大伍に、家斉が声をかけた。

「どうぞ、ご放念くださいませ」

巻きこまないで欲しいと大伍は願った。

「白木屋はの、隠密御用の道具を用立てる役目を担っておる」

大伍の望みは叶うことなく、家斉が続けた。

「上方に基礎を置く白木屋が、幕府御用達になったのは、隠密御用を引き受ける代わりであった」

「…………」

大伍は聞くだけに徹した。

「隠密御用を承《うけたまわ》った者どもは白木屋へ行き、用意をすませ金をもらう。いわば白木屋は幕府隠密のすべてを知る者。その白木屋が幕府の命ではない忍の手配をしておる。わかったであろう。これこそ問題である」

「はい」

どこが問題かは分かるが、だからといって大伍にはどうしようもない。

「白木屋に仕事を依頼した能美石見守は、この御用の間で躬と若狭守の話を盗み聞いてこいと求めたのであるな」

「さようでございまする」

たしかめた家斉に大伍が答えた。

「そなた忍を捕らえられるか」

「生け捕りは難しいかと」

家斉の質問に大伍が難色を示した。

「なぜじゃ」

「忍は捕らえられるくらいならば自害いたしますれば」

怪訝な顔をした家斉に大伍が告げた。

「自害か……」

「面倒でございますな」

家斉と小笠原若狭守の二人が嫌そうな顔をした。

死体というのは、始末に負えない。大きく、重く、そして臭う。かといって隠すとなれば、相当な手間が要った。

江戸城は他人目《ひとめ》が多い。死体を運んでいれば、まず見つかる。かといって庭園としてしっかりと管理されているだけに、穴を掘って埋めることも難しい。たとえ埋められても、掘り返した跡は残る。

ならば表沙汰にしてしまえばいい。将軍と御側御用取次の密談を盗み聞こうとしていたので、成敗した。十分正当な理由にはなるが、そこまで忍びこまれたことが別の問題として浮きあがる。

御用の間は中奥の最奥になる。そこまで侵入を許した。これは城中の警固を担当する新番組、陰の警固をするお庭番の失態になった。まず当番だった者は責任を取って切腹、組頭たちも職を辞することになる。

被害が、影響が大きすぎる。

「追い払うしかないか」

家斉が腕を組んだ。

「できるな」

「それぐらいでよろしければ」

確認してきた家斉に大伍が自信を見せた。

「若狭守さま、一つ申しあげても」

大伍は家斉に直接話しかけるのは畏れ多いと、小笠原若狭守へ声をかけた。

「直答を許す」

家斉が手間をかけずともよいと大伍に許可を出した。

「ご諚《じょう》である」

小笠原若狭守も直答を認めた。

「畏れながら、抜け道を遣わぬのであれば、ここまでどうやって参るのでしょう」

「ふむ、それはそうじゃの」

「たしかに」

家斉と小笠原若狭守が顔を見合わせた。

「中奥はお庭番が警固いたしておると聞いたことがございまする」

大伍が付け加えた。

「そのお庭番をこえて、ここまで来られるのでしょうか」

「むう」

「それがあったな」

大伍の疑問に二人が困惑した。

「もし、ここまで来られるとなれば抜け道を知っているか、あるいは……」

それ以上を大伍は言えなかった。

「お庭番に裏切り者がおると」

家斉が驚愕した。

お庭番は八代将軍を継いだ吉宗が、紀州から引き連れてきた腹心を祖にする。吉宗から絶対の信頼を預けられたお庭番の忠誠は固い。

「それはありえぬ」

小笠原若狭守が首を横に振った。

「畏れながら公方さまの頭上を守っておるのだ。裏切り者であれば、すでに馬脚を現しているだろう」

お庭番は将軍の命を狙いに来る刺客に対応できるよう、お休息の間の天井裏に潜んでいる。もし、お庭番が敵になれば、家斉の命は一日と保たない。

「では、抜け道を知っているとしか考えられませぬ」

大伍が問題を提起した。

「若狭守、抜け道のことを知っておる者はどれだけおる」

「あることを知っておるのは山里伊賀者など、あるていどはおりまする」

「伊賀者……忍じゃな」

　小笠原若狭守の答えに家斉が頰をゆがめた。

「ですが、どこにあるかまでは知らぬはずでございまする」

「そなたは抜け道を通っておるな」

　家斉が大伍に問いかけた。

　大伍が認めた。

「通らせていただいておりまする」

「他の者が使っている気配はないか」

「ないかと」

　大伍が首を左右に振った。

「となると、どこから来るかだ」

　家斉が首をかしげた。

「それもございますが、いつ来るかというのも」

「いつ……か。ずっと待っているわけにはいかぬな」

いかに昼からは将軍の好きにしていいとはいえ、ずっと御用の間に籠もっているわけにはいかなかった。

「誘いこめばいかがかと」

「……誘いこむとはどうするのだ」

意見を具申した大伍に家斉が訊いた。

「相手もずっとこのあたりに張り付いているのが危険だとはわかっておりましょう」

「庭番がおるからか」

大伍の意見に家斉が気付いた。

「忍ぶというのは、短ければ短いほど楽で確実なのでございまする。長くなれば忍といえども腹は空きまするし、便意も参りまする。飯を喰う、用を足す、どちらも気配を生じ、さらに臭いを生み出しまする」

「見つかる……か」

家斉が理解した。

「そのような危ない賭けに出る忍はおりませぬ。忍は生きて帰ってこそ」

「かと申してなにもせねば、依頼した者に咎められる」

「はい」

　小笠原若狭守の発言に大伍が首肯した。

「では、どうやって誘いこむのだ」

　家斉が再度尋ねた。

「畏れながら、毎日公方さまと若狭守さまは決まった刻限に御用の間へ入っていただきたく」

「なるほどの」

　大伍の話に小笠原若狭守が手を打った。

「待て。どうやってその忍に躬が御用の間に行くと報せるのだ」

「なにもなさらずともよろしゅうございまする」

　小笠原若狭守が家斉に微笑みかけた。

「公方さまのお動きをじっと見ている者がおりましょう」

「石見守か」

　言った小笠原若狭守に、家斉が気付いた。

無謀では忍は務まらない。

白木屋から前金を受け取った鹿間は、いきなり御用の間へ忍びこむようなまねをしなかった。

二

「教えていただきたい」

鹿間は伊賀組のなかでも最古参になる長老を訪ねた。

「なにをだ。この年寄りに忍の技のことを問われても、どうしようもないぞ」

任の激しさ、食事の貧しさなどもあり、伊賀者の寿命は短い。還暦を迎えられる者は片手でたり、古稀《こき》ともなると一人いるかどうかになる。

鹿間が訪ねたのは、伊賀組でただ一人の古老であった。

「お城の抜け道について」

「それを知ってなんとする」

古老が険しい目つきになった。

お庭番が来るまで中奥も伊賀者の管轄であった。伊賀者は大手を振ってとまではいかないが、自在に中奥を移動できた。当然、御用の間も知っているし、その横に地下へと続く階段があることも知っていた。

「仕事でござる」

「白木屋か」

鹿間の答えに古老が読み取った。

「まさかとは思うが、公方さまになにかするのではなかろうな」

古老が鹿間を睨みつけた。

「そのようなまねはいたしませぬ」

鹿間が強く否定した。

「では、なぜ抜け道の場所が要る」

「言えませぬ」

仲間といえども、いや親兄弟、妻にも任のことは話せない。口の軽い忍に仕事を任せる者はいない。一度でも漏れれば、伊賀者すべての信用が失われた。

「ならば、儂《わし》も言えぬ。任にあったときに知ったことを誰にも話さぬという誓いを立てている」

　長老も拒んだ。

「……………」

　鹿間が黙った。

「それだけならば、帰れ」

　手を振って古老が退出を命じた。

「妹が嫁にいくのでござる」

「それはめでたいな」

　古老が淡々と祝いを口にした。

「相手は商家でござるが、なかなかに裕福な家でござる。そこへ嫁に行く妹に晴れ着の一つも持たしてやりたいと思うのは無理でしょうや」

「当然のことだな」

　泣くような鹿間に古老がうなずいた。

「金が要りまする」

「要るの」

感情の籠もった鹿間と無情な古老が言い合った。

「翁どの……」

すがるように鹿間が古老を見上げた。

「おぬしの妹の幸せのために、儂の一家は滅びろと」

「そ、そのようなことは」

氷のような古老の声に、鹿間が顔色を変えた。

「口にしてはならぬと御上から命じられたことを話せばどうなるかわかっておろう」

同じように誓紙を出す小姓が口を滑らせても、お役御免と二度と将軍近侍《きんじ》になれぬだけで終わる。しかし、武士といえるぎりぎりの伊賀者に守ってくれるだけの歴史も格もない。しゃべった者は死罪、家族は遠島あるいは放逐となる。

「ふざけたことを申すな」

古老が怒りを見せた。

「決して他には漏らしませぬ」

「信用できるわけなかろう。儂に決まりごとを破れと言ってくる者のことなど」

しつこい鹿間に古老が険しい目つきをした。

「では、どの辺りだけでも」

鹿間はあきらめなかった。

「どの辺りかを聞けば、帰るのだな」

「約束をいたしましょう」

念を押した古老に鹿間が首肯した。

「なれば、おおまかなことだけ教えてやろう」

「かたじけなし」

古老の言葉に鹿間が喜んだ。

「抜け道の入り口は中奥にある」

「なっ」

鹿間が絶句した。

中奥は将軍の居住する場所であり、表、大奥に比して小さいが、それでも一万坪はある。まさに広大な中奥で目立たないように隠されている抜け道の入り口を探すのは、砂浜に落とした針を見つけ出すに等しい。

「ふざけないでいただきたい」

「どちらがふざけている」

「…………」

そのまま返された鹿間が黙った。

「もういいな」

古老が話は終わりだと言った。

「お邪魔をいたしました」

これ以上は無理とさとった鹿間が立ちあがった。

「抜け道は山里曲輪に繋がっている」

その背中に古老が告げた。


古老の組屋敷を出た鹿間は、その足で組頭のもとへ向かった。

「お庭番はどこに配されているや」

鹿間が問うた。

「みょうなことを訊く」

「別段、禁じられているわけはなかろう」

怪訝な顔をした組頭へ鹿間が述べた。

かつて伊賀者が江戸城の陰警固を担っていたころに潜んでいた場所は決められていた。それがお庭番となった今、どうなったかは鹿間は知らなかった。

「……白木屋か」

組頭も気付いた。

「大奥の警固のことも要るか」

「不要だが、大奥にもいるのか」

男子禁制といわれているが、大奥の警固は御広敷伊賀者の役目であった。

「女が二人入っている」

驚いた鹿間に組頭が述べた。

「女お庭番か」

お庭番は数が少ない。伊賀者が御広敷伊賀者、山里曲輪伊賀者、明屋敷《あけやしき》伊賀者、小普請伊賀者を合わせて二百名弱いるのに対して、お庭番は二十家ほどしかいない。とても男だけでは手が回らず、妻や娘まで役目に出していることは知られていた。

「大奥を除けば、大広間に一人、お玄関に一人、中奥の庭に一人、お休息の間に一人のはずだ」

「中奥には二人か」

鹿間が確認した。

「お庭番からの報せが正しいのならばな」

組頭が苦笑した。

忍が真実を話すのは、主君というか雇い主だけであった。たとえ同じお庭番同士でもすべてを話すことはない。ましてや、同僚ではなく、互いに相手の仕事を奪おうとしている好敵手なのだ。

「たしかに」

鹿間も苦い笑いを浮かべた。

「助かった」

「酒でも持ってきてくれ」

「考えておこう」

組頭の要求に鹿間が手を振った。

「次は山里伊賀者だな」

鹿間が組屋敷の片隅に固まっている山里伊賀者の屋敷群へと足を進めた。

山里伊賀者は、江戸城の退き口《のぐち》を守る。それこそ将軍の死命を制する場所を警固するのが役目のため、同じ伊賀者でも他の組の者との交流はほとんどなかった。

「九家だったな」

退き口というのは普段、なにもしない。せいぜいが傷《いた》んだところがないかどうかを確認するか、出入りする者を監視するくらいしかやることはなかった。

当然、余得など入ってくることはない。大奥女中の代参、買いものに付き合って心付けをもらう御広敷伊賀者に比べ、伊賀者の本録だけで生活しているはずであった。

「屋敷の手入れがされている」

鹿間が驚いた。

同じ組屋敷とはいえ、あまり奥まで行くことはない。町人の長屋ならば、共用の井戸や厠の場所次第では、一日に何度も行き来するが、伊賀者とはいえ幕臣の組屋敷である。井戸も厠も個別にあった。

「瓦も割れていない」

足を止めて鹿間が山里伊賀者の屋敷を見た。

幕臣の屋敷は、無役であろうが役を与えられていようが、二十俵であろうが八千石であろうが、すべて幕府のものであった。

旗本や御家人は、そこを借りて住んでいるだけであった。

そういった経緯もあり、家屋敷の傷み具合の調査、修繕の手配は幕府の仕事であった。

「吾が家は瓦が数枚欠け落ち、壁も剝《は》がれているところがあるというに……」

同じ伊賀者でありながら、扱いの違いがあった。

「これが退き口を守る褒美か」

鹿間が不満を持った。

「……ごめん」

だが、話を訊かねばならないのだ。不満を表に出しては、相手してもらえなくなる。

辞を低くして鹿間が山里伊賀者の一人、その屋敷を訪ねた。

「どなたさまでございましょう」

なかから中年の女が出てきた。

「御広敷伊賀者の鹿間次郎右衛門《じろうえもん》と申す。主どのにお目にかかりたい」

「主人はお役目に出ておりまする」

中年の女がいないと首を横に振った。

「ご当番であったか。それは申しわけないことを」

鹿間が謝罪して、長屋を出た。

「主どのはご在宅か。御広敷伊賀者の鹿間次郎右衛門と申す」

「お役目で出ておりまする」

次の家でも同じ答えが返ってきた。

「どこぞ、非番のお方はおられぬか」

鹿間は無駄足を避けようと、問うた。

「皆当番でございまする。なにせ九人しかおりませぬので」

「お休みはなしだと」

鹿間が驚いた。

御広敷伊賀者は当番、夜番、非番の交代で役目をおこなっている。それが山里伊賀者は違うと言った。

「お休みはどうやって」

要らぬことだが、思わず鹿間は尋ねた。

「申しわけございませぬが、組のことなれば」

他人には教えられないと拒まれた。

「さようでございますか。しかし、困った」

鹿間が落ちこんだ。

「…………」

「どうしても知らねばならぬことがござって、参ったのだが」

これ以上話す気はないとだまった家人に鹿間が述べた。

「どなたかご存じではございませぬか」

鹿間が紹介を求めた。

「…………」

少し家人が考えた。

「……いくらか合力をくださるというならば」

「金でござるか。それほど出せませぬ。二朱では」

二朱は一両の八分の一、銭に直して七百五十文くらいになった。

「一分出してやってくださいませぬか」

家人が金額を口にした。

「……一分」

一分は二朱の倍になる。

鹿間が悩んだ。

「わかりましてございまする」

痛い出費だが、命には変えられない。鹿間が認めた。

「いいえ、当家ではございませぬ」

懐から巾着を出した鹿間を家人が制した。

「どちらに」

「二軒隣に甲田さまというお家がございまする。そちらで」

「なぜ、合力が要るのでござる」

鹿間が問うた。

「その屋の主甲田葉太夫さまが行き方知れずになられ……」

「伊賀者が行き方知れずに」

家人の話に鹿間が絶句した。

かつて隠密御用を受けていたときは、遠国へ出向いたまま戻ってこない者はままいた。なにせ隠密はその名の通り、密かに進入するだけに幕府の庇護《ひご》は受けられない。

「今度、そなたの領土へ隠密を向かわせた。手出しせぬように」

そのようなことを伝えてしまえば調査が入ると知られてしまい、見られてまずいものは処分、あるいは隠されたりする。

そうさせないため、隠密は人知れず侵入し、探り、帰還する。

当然、都合の悪いものを抱えている大名は、隠密を見逃さないようにしている。幕府がなにも言ってきていないのだ。隠密をどうしようが、咎められることはない。遠慮なく殺しにかかる。

遠国御用は水盃《みずさかずき》を交《か》わしてといわれるほど危険なものであった。

だが、その遠国御用もお庭番に奪われている。老中たちから命じられる伊賀者御用で遠国へ行くことはあっても、その数は少ない。

お庭番の登場で、伊賀者は命の危険から遠ざかった。

しかも山里伊賀者はその役目柄、ずっと江戸にいる。その山里伊賀者が行方不明になるなど考えられなかった。

「ご助言かたじけなし」

鹿間は家人の勧めに従って、二軒隣へと足を運んだ。

三

もともと伊賀者の組屋敷は静かであった。さすがに小さな子がいる家は多少賑《にぎ》やかになるが、早い家では四歳から遅くとも六歳から修業を始める忍の家は物音を立てなかった。

「これは……」

その組屋敷にあっても甲田の家はあきらかにわかるほど沈んでいた。

「よいのか、訪ねて」

必死に抜け道のことを知ろうとしている鹿間でさえ、二の足を踏むほど甲田の家の雰囲気は悪かった。

「勧めもあったゆえ、よいのだろう」

しばし躊躇《ちゅうちょ》した鹿間だったが、決断して踏み出した。

「……ごめん」

肚をくった鹿間の声に、しばらくして若い女が出てきた。

「どちらさまでしょう」

見覚えのない顔に若い女が怪訝な顔をした。

「お初にお目にかかる。御広敷伊賀者鹿間次郎右衛門でござる」

「鹿間さまでございますか。当家になにか御用でも」

若い女がより困惑した。

「早田《はやた》さまより、こちらへとご紹介をいただいた」

「……早田さまから。どのようなことでございましょうか」

若い女が訊いた。

「ご当主どのが行き方知れずになられたとか」

「そのお話でございましたら、組頭さまでお願いをいたしまする。当家としては辛いことでございますれば」

鹿間の言葉に若い女が拒んだ。

「これは気付かぬことをいたしました。お詫びしまする」

気遣いが足りていなかったと鹿間が頭を垂れた。

「……………」

若い女は詫びを受け入れるとも拒むとも言わなかった。

「失礼ながら、これを」

気まずくなった鹿間が懐紙に一分金を挟んで差し出した。

「これは……」

若い女が目つきを鋭いものにした。

「合力させていただきたく」

鹿間が合力金だと言った。

「合力でございますか、悔やみではなく」

「甲田どのが亡くなられたならば、ご遺体が出ましょう。それがないかぎり、伊賀者は死んではおりませぬ。それが慣例」

遠国御用で帰って来なかった者を伊賀者は死亡としなかった。幕府も役目として出したこともあり、これを暗黙、その伊賀者の家から家督相続願いが出たならば支障なく認めている。そうしなければ、誰も遠国御用に行きたがらなくなってしまうからであった。

目つきを和らげた若い女に鹿間が告げた。

「はい」

若い女がうなずいた。

「これも早田さまの……」

「いかにも」

鹿間は隠すことなく首肯した。

「かたじけなきことでございまする」

一分金を若い女が拝むようにした。

「失礼ながら、聞かせていただいてもよろしいか」

「なぜに合力金が要るかでございましょう」

伺った鹿間に若い女が応じた。

「差し支えなくば」

「ございませぬ。もう」

「もう……」

なんともいえない言い回しをした若い女に鹿間が首をかしげた。

「当家は伊賀組から放逐と決まりましてございまする」

「それはっ」

驚愕の声を鹿間が漏らした。

「任の最中に行き方知れずとなったならば、まだ許される。山里曲輪の秘密を知ろうとした者と戦ったか、その後をつけたか、伊賀者としての役目を果たしていると。しかし、兄は勤番の後に組屋敷を出て行き方知れずになった。これは私用、いや欠け落ちであると」

欠け落ちとは身分を捨てて逃げることを言う。恩と奉公を基本とする武家では欠け落ちは不忠の最たるものとして忌《い》み嫌われた。

「欠け落ち……士籍を削られた」

鹿間が絶句した。

士籍を削るとは、幕臣ではなくなるどころか、武士でさえなくなることである。当然、組屋敷に住むことはできなくなるし、一族との縁も切られてしまう。

「それで合力金が」

「はい恥ずかしいことですが、蓄えもなく、持ち出せるものも鍋釜などと衣類が少しだけでございまして。このままでは住むところさえ確保できず、出た足で吉原へ身を売りにいかねばならぬところでございました」

若い女が儚《はかな》げな笑みを浮かべた。

「山里伊賀者には別禄が出ているということはないのか」

「その辺はわかりませぬ。屋敷だけはいつも手入れされておりましたが、禄のことは兄が仕切っておりましたので」

噂でしかないことを訊いてみた鹿間に若い女が首を横に振った。

「兄上どのしかわからぬか」

鹿間が落胆した。

「申しわけございませぬが」

若い女がうつむいた。

役に立たなかったからといって金を返すわけにはいかなかった。それこそ、身売りをしなければならなくなる。もちろん一分では、せいぜい半月もやってはいけないが、それでも手元にある兄の衣類や予備の刀などを売れば、少しは猶予も生まれる。その間に長屋を借り、生計《たつき》の道を探れば、女として死ぬより辛い遊女に身をやつさずともすむ。

「ああ、金は気にされるな」

鹿間が手を振った。話を聞いて金を返せと言うほど、鹿間は人を辞めてはいなかった。

「お慈悲に感謝いたしまする」

若い女が頭を下げた。

「そう言えば、どのようなご用件でお見えでしょう」

ふと若い女が思い出したように尋ねた。

「今さらではござるが、山里曲輪にあると言われておる抜け道について、なにかご教示いただけるのではないかと思い、山里伊賀者の方々のもとに参っておった」

「抜け道……」

若い女が呟くように繰り返した。

「なにかおありか。なんでもかまわぬのだ」

鹿間が食いついた。

「兄がいなくなる前に一度口にしていたかと」

「おおっ」

若い女の話に鹿間が興奮した。

「お役に立てるかどうかわかりませぬが……」

合力金の御礼とばかりに若い女が語り出した。

山里曲輪伊賀者にも抜け道の出口は報されていなかった。そして、どこにあるかを調べることも許されていなかった。

「抜け道を知るのは将軍だけでいい」

江戸城を建てた徳川家康の考えであった。

「重臣、譜代、一門といえども、状況で裏切る」

家康は裏切りを何度も経験、あるいは見てきた。

最初の裏切りは駿府へ人質として出される途中、一門の戸田《とだ》康光《やすみつ》が家康を掠《さら》い、織《お》田《だ》信秀《のぶひで》へ売り渡した。

二度目は桶狭間《おけはざま》の合戦で衰退した今川《いまがわ》を見限って岡崎へ戻った家康を三河一向一揆《みかわいっこういっき》が襲った。このとき譜代の家臣のほとんどが信心を取り、家康のもとから離れた。

三度目は浅井長政《あざいながまさ》であった。織田信長の妹婿でありながら、朝倉義景《あさくらよしかげ》と結んで敵対した。

四度目が明智光秀《あけちみつひで》の本能寺の変であった。引き立ててくれた織田信長がわずかな兵と京の本能寺に滞在しているのを大軍で討ち果たした。

そして五度目が譜代の重臣石川数正《いしかわかずまさ》の寝返りであった。豊臣秀吉《とよとみひでよし》から誘われた石川数正は、徳川家を逐電《ちくでん》して、秀吉に仕えた。

「まさかっ」

明智光秀が織田信長を討ち果たしたと聞いたときよりも家康は驚愕した。

なにせ石川数正は酒井忠次《さかいただつぐ》と並ぶ家康股肱《ここう》の臣だったのだ。家康が駿河で人質生活を送るのに供をし、一向宗徒でありながら三河一向一揆のときには改宗してまで従った。

「息子を頼む」

嫡男信康の傅育《ふいく》とともに西三河の国人領主たちをまとめる役目を預けるほど、家康に信頼されていた石川数正が寝返った。

「人は信じられぬ」

家康が他人を信じなくなったのも当然であった。

こうして江戸城の抜け道は秘されてきた。

「公方さまがここを通って城の外へ出られる」

さすがに落城という言葉は使えないので、真綿にくるんだような言いかたで山里曲輪伊賀者は任の説明を受ける。

さすがにこう言われて、山里曲輪近くに抜け道があると気づかない者はいない。

「探すことを禁じる」

幕府から山里曲輪伊賀者へ釘が刺されていた。

山里曲輪伊賀者が世襲に近い形を取っているのは、かかわる人が増えれば増えるほど、秘密は漏れやすくなるからだ。

本人はしゃべるつもりではなくても、家族の前ではちょっと口に出してしまう。寝言に含まれていることもあり得る。

だが、最初から知らなければ、その心配はない。

「兄がいなくなる前、山里曲輪を不審な黒鍬者が通ったと」

「黒鍬者……」

「はい。なんでも黒鍬者は山里曲輪を出入りすることが許されているとか」

若い女が説明した。

「では、不思議でもなんでもなさそうだが……それを兄上は気にされた」

「はい」

難しい表情をした鹿間に若い女が続けた。

「どこが気になったのかは存じませんが、少し遅れて通行した後を追ったところ、姿がなかったとも」

「黒鍬者が伊賀者の目から逃れた……そのようなことがあるとしたら、たしかに気にかかる」

鹿間も納得した。

「どの辺で見失ったかは……」

「あいにく」

すまなそうに若い女が首を左右に振った。

「ただ兄は……他人の出入りがないところほど怪しい。庭の手入れに入った職人が近づかないところが怪しい。お掃除の小者がていねいすぎるほど長く掃除をしているところが怪しいと兄は申しておりました」

若い女が甲田葉太夫の言葉を記憶から引きずり出して述べた。

「助かった。このことは」

「わかっておりまする。決して口外はいたしませぬ」

釘を刺した鹿間に若い女が首肯した。

「あとは場所の確定か」

甲田屋敷を出た鹿間が呟いた。

四

お休息の間に戻った家斉が、一緒に帰ってきた小笠原若狭守に声をかけた。

「しばらく付き合うよう」

「八つから一刻でよろしゅうございましょうか」

家斉の指示に小笠原若狭守が刻限を確認した。

「御側御用取次としての役目もあるか……いたしかたなし。ただし、一日では終わらぬゆえ、しばらくの間かかるぞ」

「承知いたしましてございまする」

小笠原若狭守が命を受けた。

「……………」

二人の会話を能見石見守がしっかりと聞いていた。

そしてこのことは、その日のうちに松平定信と能見石見守の用人源内のもとへ報された。

「毎日、御側御用取次と話をせねばならぬほどのことがあるのか」

松平定信は家斉と小笠原若狭守の間に密談を重ねなければならないほどの用件があることに驚きを隠せなかった。

「これはどうしても知らねばならぬ」

能見石見守の報せに松平定信が気にした。

将軍家代替わり。

これは幕府に大きな変動をもたらした。その最たるものが執政の交代であった。

「先代には先代の、躬には躬のやりかたがある」

かならずではないが、権力者というのは己の色を出したがる。その邪魔となるのが、先代から受け継いだ執政であった。

「そのようなことはなりませぬ」

「先代さまならば、こうなされました」

など先代のころからの執政は、新しい権力者を諫めようとする。

そのほとんどは、まだ政に慣れていない新しい将軍が慣れていない執政をおこなって失敗しないようにとの気遣いからであったが、なかには幼少のころから見守ってきたことで新しい将軍を未熟として軽く扱う者もいた。

「躬をなんだと心得る」

新しい将軍というか、新しく権力を握った者は、こういった空気をよく感じる。いや、次代と見なされていたときから晒されている。

先代のころには遠慮しなければならなかったが、己が最高権力を握った今、その気遣いは不要であった。

「ご苦労であった」

「藩政に力を入れよ」

こうして新しい将軍は、気に入らない執政を辞めさせる。

松平定信は己がその一人になるのではないかと危惧《きぐ》していた。

「まだなにもなしてはおらぬ」

ようやく政敵田沼意次を排除し老中になった。

「覚えておれ、田沼」

御三卿田安家から一門ですらない白河藩松平家への転籍、田安館からわずかな供を引き連れて追い出された日のことを松平定信は忘れなかった。

「賢丸さまほどのご才を無駄にはできませぬ」

田沼意次の言葉は状況次第では正しかった。

たしかに松平定信は田安家の七男であり、まず家督を継承できなかった。しかし、田安家の者は、皆身体が弱かった。

吉宗の次男で田安家初代の宗武は、七男八女と子だくさんであった。しかし、七人の男子のなかで無事に元服を迎えたのは、五男治察《はるさと》、六男定国《さだくに》、そして七男の定信だけであった。

「お血筋をいただきたく」

その数少ない男子の内、六男定国が伊予松山の松平家へ養子に出された。

つまり田安館には家督を継いだ治察と定信しかいなくなったのだ。

しかも治察も蒲柳《ほりゅう》の質《たち》で子供がいない。

普通、こういった場合残っている定信は、治察に万一のことがあったとき家督を継ぐべく養子に出されることはなくなる。

「是非にお血筋を」

そこに白河藩松平家からの願いが幕府に上がった。

このとき、他の御三卿には候補となり得る男子がいなかった。すでに代替わりをして三代目となった一橋治済には嫡男家斉しかおらず、新たに創設された家重の次男重好を祖とする清水家にはそもそも子供がいなかった。

たしかに養子に出せるのは賢丸こと松平定信だけであった。

「蒲柳の質ゆえ、弟に家督を」

田安家も必死に抵抗した。

家督を継いだ田安治察は隠居して、定信に家督を継がせるとまで言ったが、田沼意次、一橋治済らによって防がれた。

「人がおらぬゆえ、他家より望め」

もっとも的確な対処は、白河松平家の願いを却下することであった。

なにも御三卿から養子を迎えなくとも、御三家や過去婚姻を結んだ大名などから迎え入れればすむ。

「なにとぞ」

しかし、白河松平家は田沼意次に賄賂《わいろ》を贈ってまで、御三家にこだわった。

これは新しく将軍家の血筋となった吉宗の子孫を受け入れることで、家格を上げたいという望みがあった。

白河藩松平家と伊予松山藩松平家は、久松《ひさまつ》松平家と呼ばれた。この久松松平家の祖が徳川家康の異夫弟であったことで松平の姓と一門に準ずる扱いを受けた。

一門に準ずる。つまり厳密な一門ではない。

「なんとか親藩に」

徳川家は大名を大きく三つに分けていた。親藩、譜代、外様である。他にも御三家という格別な家柄があったりするが、概ねはこの三つであり、どこに入るかで扱いが変わった。

親藩は徳川家康の子供で御三家以外の家柄をいう。越前松平家や津山《つやま》松平家などがそれになる。家柄がよすぎるため、執政になることはないが、それでも城中での席次や、扱いは別格であった。

そして一門とは、その他の親戚筋の大名であった。先祖が徳川家と祖を同じくするとか、御三家の分家だとか、親藩の支藩だとか、その出自は多岐にわたるが、どこかで徳川家に繋がる。だが、扱いは譜代大名であり、徳川家を天下人に押し上げた功臣である酒井、榊原《さかきばら》、井伊《いい》、本多《ほんだ》などより格下とされることもある。

この扱いが久松松平家は我慢できなかった。

「我らには神君《しんくん》家康公と同じ血が流れている」

母親を同じくする久松松平家はこのことを誇りにしていた。

「異父ではないか。それでは徳川家の血は入っていない」

誇りを表に出せば出すほど、周囲の目は冷たくなった。

「ならば、徳川の血を」

と考えたところで、そもそも将軍家は子供が少ない。では、御三家をと考えても家格が釣り合わず、なかなか難しい。

「正統なお方がおられまする」

なにより跡継ぎの嫡男がいるのに、養子を迎えるなど家中が納得するはずはなかった。なにせ藩士たちは将軍家や徳川幕府に仕えているわけではなく、久松松平家から禄をもらっているのだ。その忠義は久松松平家の血筋に向けられている。

そんなところに徳川の血筋を迎えたら、たちまちお家騒動になる。

「家中不行き届き」

血筋が入っているから、多少の気配りはしてもらえるが、家中の騒動を幕府は見逃してはくれない。白河という要地から、九州や奥州の果てへと転封されるか、領地を削られたりの罰は与えられる。

「徳川の血筋を迎えることで、久松松平家はより発展する」

しっかりとした利を家臣に伝え、

「姫の婿として迎え、その間に生まれた子供に次代を継がせる」

血筋は絶えないと保証する。

久松松平家が徳川の血筋を養子に迎えるには、それらの条件を満たさなければならなかった。

その好機がようやっと巡ってきた。

また、同じ久松松平である伊予松山藩が、先に田安定国を養子に迎えたというのも白河藩松平家を焦らせた。

無理にでも徳川の血を入れたい白河藩松平家と、田安家の力を削《そ》ぎたい田沼意次、一橋治済らの利害が一致した。

「白河でよき治政をなせ」

十代将軍家治は田沼意次の言に従った。

結果、松平定信は白河藩松平家の世継ぎとなった。

「かならず思い知らせてくれる」

憤怒した松平定信はその怒りを押さえ、臥薪嘗胆《がしんしょうたん》した。

「悪政をなす田沼主殿頭を排除すべきである」

怒りにまかせて敵対行為に出れば、田沼意次が動く。

「白河から棚倉《たなくら》へ移す」

棚倉と白河は隣り合っているが、奥州街道から外れ、山間《やまあい》の小さな本地でしかない棚倉は冷害に遭いやすく、とても表高だけの年貢は穫《と》れない。そのうえ人の動きからも外されれば、藩の財政は一気に悪化する。そうなれば、藩財政の悪化はより酷《ひど》くなり、とても大名としてやっていけなくなる。

幕政を壟断《ろうだん》している田沼意次にはそれくらいの力はあった。

松平定信はもう御三卿の公子ではなかった。

「田沼主殿頭を幕政から排除しなければならぬ」

「祖父吉宗公のお考えに倣って、武士は質素倹約を旨とするべきである」

まだ幼かったが、田安家の公子で吉宗の孫という矜持《きょうじ》があった松平定信は、声高に田沼意次を批判した。

それが今回の養子話を生んだ。

松平定信は無念を肚のうちへ隠し、従順な大名を演じてきた。

「下手な猫を被《かぶ》りおって」

もちろん、田沼意次は見抜いていた。

しかし、表面《おもてづら》だけでも従順な振りをしている者を咎め立てることはできなかった。

「息災であるか」

また家臣筋へ出したとはいえ、近い親戚なのだ。折に触れて家治も松平定信のことを気に懸ける。

田沼意次にとって、家治はすべての根源である。その家治の気に入らぬまねをすることだけはできなかった。

「いずれ機を見て、遠ざけてくれるわ」

田沼意次も虎視眈々《こしたんたん》と、松平定信を滅亡させる機会を狙っていた。

結果は権力の基盤であった家治を失った田沼意次が敗退し、松平定信が新たな執政として幕政に君臨した。

一応、田沼意次を除けた後、家斉から老中へ任じられた形にはなっているが、一橋から養子に入っただけでなく、まだ若い将軍に松平定信を拒むだけの力はない。

「いきなり老中首座とはなにごとぞ」

家斉は賛成したわけではなかった。ただ、拒否できなかった。不満を口にしなかっただけであった。

その理由の一つに、松平定信は老中になるための階梯《かいてい》を踏んではいないというのがあった。

決まりがあったわけではないが、老中は奏者番《そうじゃばん》から若年寄《わかどしより》、側衆《そばしゅう》、側用人などから大坂城代、京都所司代を経て就任するのが慣例となっていた。

幕初には奏者番を経験しただけで老中へ引き立てられた者もいたが、代を重ねることで格式が決まり、順番に出世しての頂点となった。

「おとなしくしておればよい」

白河の藩政を立て直した経験を持つ松平定信にしてみれば、家斉は政をしたこともない飾りであった。

「将軍だからといって、親政はできぬ」

若い家斉が将軍親政をしたがっているというのもわかっている。

「口出しされては、かえってよろしくない」

素人の浅い考えで口を挟まれては、松平定信の深慮遠謀《しんりょえんぼう》が無に帰す。

「手出しはさせぬ」

改革を進めたい松平定信にとって、家斉は横槍を入れてくるだけの悪でしかなかった。とくに松平定信を執政から引きずりおろす、あるいは御用部屋に家斉の代弁者たる者を入れられては困る。

「なにを企《たくら》んでいるのか」

そうなる前に芽を摘まなければならない。

だからこそ、松平定信は家斉と小笠原若狭守の密談に注意を払わざるを得なかった。

「能見石見守め」

走狗《そうく》とした小姓組頭の名前を松平定信は吐き捨てた。

「たとえ、その身は免職されようとも、御用の間を探ってこそ幕臣の鑑《かがみ》である。余の改革がなれば、幕府は百年安泰じゃ。百年後に能見石見守こそ忠義の臣であったと讃えられようものを、目先のことに惑わされおって」

最初から松平定信は能見石見守を使い捨てにするつもりでいた。

「今度しくじりおったら……」

松平定信が鋭い目つきで独りごちた。

大伍は朝から抜け道に入り、七つには帰るという日々を繰り返していた。

「これで五日か」

家斉と小笠原若狭守の密談の振りは続いている。

「いたしかたないこととはいえ、本来の任からは外れている」

大伍が嘆息した。

家斉が大伍に命じたのは、新たな『土介寇讎記』を作るための調べをおこなえというものであった。

つまりは大名の領国に入り、治政や財務状況などの公式なものから、側室の数、藩士への態度、町人への仕打ちなどを調査し、家斉へ報告する。

ようは江戸から離れて、北は松前《まつまえ》から、南は薩摩《さつま》まで六十四州三百諸侯を見て回ることが役目のはずであった。

「それが穴蔵で待ち伏せか」

大伍が苦笑した。

もともと小人目付は、目付の雑用をこなすのが仕事で、隠密は命じられたからやむなしといったものでしかなかった。ちゃんとした修業はしていないし、忍の道具も自前で用意したものであった。当たり前だが、裏表で柄が変わる小袖だとか、投げつけるための手裏剣なども本物は見たことさえない。どれも人伝《ひとづて》に聞いたものを試行錯誤して作ったものばかり。

言いかたは悪いが、本業ではないのだ。

暗闇にも慣れていないどころか、夜目なんぞ利きもしなかった。

「いつ見切りを付けるかだな」

このまま待機というわけにはいかない。

得てして上司というのは、臨時に与えた仕事をさせておきながらも通常の業務に影響が出ることを嫌う。

「遅い」

「遊んでいたのか」

忍んでいる最中だからといって、排便を我慢したことも、まずい干し飯《いい》で空腹をごまかしたこともないくせに文句だけは言う。

「役立たずが」

そして、結局はここへ行き着く。

「代わりはいくらでもいる」

必死で務めた者を弊履《へいり》のごとく捨て去る。

「日限を切ってもらうか」

一日潰される。

「暗いのはどうも苦手だ」

待ち伏せしているだけに、灯りをつけることはできなかった。抜け道はその用途から曲がりくねっているが、光のささない闇で灯りは目立つ。それこそ、火縄のわずかな熾火《おきび》だけでも、花火のように際立つ。

大伍はまったくの暗闇のなかで相手の気配を探り続けることに疲れていた。


鹿間次郎右衛門は、甲田葉太夫の妹から聞いた話を思案していた。

「不審な黒鍬者……そもそもなにをもって不審とするのか」

伊賀者というのは探索御用を失ってから、江戸市中にも目を配らなくなった。古い伊賀者であれば、あるていどはわかっているだろうが、ここ十年で任じられた鹿間たちはまったく気にもしていなかった。

「黒鍬者の役目はお城下の道を清掃し、整えること」

将軍が江戸城を出る御成《おなり》、あるいは寛永寺や増上寺、日光などへの参拝はそうそうにあるものではないが、まったくないとは言えなかった。

八代将軍吉宗は鷹狩《たかが》りをするため品川や下総《しもうさ》の狩り場へよく出かけていたし、九代将軍家重は鳥の絵を描くために干潟を取りこんだ浜御殿へ足を運んだ。ただ十代将軍家治は先祖供養も老中や若年寄などに代参させたので、江戸城から出たがらなかったが、十一代将軍家斉はどのようになるのか、まだわかってはいない。

「御成である」

将軍が江戸城を出るときは駕籠《かご》が基本になる。陸尺《ろくしゃく》が担いだ駕籠を中心に、周辺を書院番士などが警固する。

そのとき御成道に穴でも空いていれば……書院番頭が騎乗する馬が穴に足を落とし、くじきでもしたら大騒動になる。

いや、万一将軍の乗る駕籠を担いだ陸尺が躓《つまず》きでもしたら、責任問題はとてつもなく拡がる。

武士身分ではない陸尺はまとめて斬首、供頭を務めた若年寄、小姓番頭、書院番頭は切腹、街道を担当した黒鍬者はいうまでもない。

「……そもそも黒鍬者はなぜ山里曲輪の通行が認められている」

鹿間が疑問を口にした。

「鳥刺しはわかる」

鷹匠配下の餌差《えさし》、鳥刺しとも呼ばれる小者は江戸市中の隠密と言われていた。

「お鷹の餌となる小鳥が逃げこんでござる」

そう言って餌差はどこの大名の屋敷にでも入ってくる。

「お断りいたす」

拒否しようものならば、

「公方さまのお鷹の餌を集めるのに力を貸せぬと」

餌差が将軍の用だと押さえてくる。

将軍が出されれば、それ以上逆らえる者はいなかった。御三家でさえ、拒めないのだ。

諸大名を小者が圧する。その裏付けとして餌差には諸門通行御免が与えられていた。

「わからん」

鹿間は黒鍬者と山里曲輪のかかわりが見つけられなかった。

「……なぜ黒鍬者のことを考えねばならぬ」

ふと鹿間が気付いた。

「吾が考えねばならぬことは、抜け道の場所だ。黒鍬者がどうあろうが、甲田どのがなぜいなくなったかなどはどうでもいい」

鹿間が頭を横に振った。

「探しに行くか」

ようやく鹿間が本題に戻った。

同じ伊賀者でも山里伊賀者でなければ、山里曲輪は通行できなかった。鹿間は大伍と同じように別の門を潜って、内側から山里曲輪へと近づいた。

「手入れの行き届いているところ、不思議と人のいないところ……」

甲田葉太夫の妹に教えられたことを口のなかで繰り返しながら、鹿間はあちこちへと目を飛ばした。

「……どこも他人気《ひとけ》がない」

当たり前であった。出入りが禁じられている門の周囲に人が近づく意味はない。

「怪しいのは、あの庭園の松並木か、東屋だな」

鹿間が目標を絞った。

「東屋から調べよう」

人が通ることのないところに東屋の価値はない。

周囲に目がないことを確認した鹿間が東屋に寄った。

「……外側にはなにもなさそうだ」

一回りした鹿間が東屋に足を踏み入れた。

「床が……」

鹿間がすぐに気がついた。

毎日のように大伍が出入りしたことで、東屋の隠し戸、床にうまく偽装されていた扉から埃《ほこり》が落ちてしまっていた。

そのわずかな差を鹿間は見逃さなかった。

「…………」

無言で鹿間が隠し戸に手を伸ばした。

第四章　女と男

一

　抜け道の隠し扉を見つけた鹿間は、もう一度周囲を確認してから、袴《はかま》の紐を緩め小袖を脱ぐと裏返した。縞《しま》だった表柄が、濃いねずみ一色の忍装束になった。さらに袴を穿《は》き直した鹿間は、足首に仕込んである紐を引いて締め付けた。

「……よし」

　最後に懐から出した頭巾を被ると、鹿間は抜け道へと入り、蓋《ふた》をもとに戻し、侵入したことを知られにくくした。

「なにも見えぬ」

蓋をした瞬間、抜け道のなかは暗黒で満たされた。

いくら夜目が利くといったところで、まったく光がなければ見ることはかなわなかった。

「……………」

押し殺した独り言の後、鹿間は気配を探った。

「……ないな」

辺りに気配はないと鹿間が警戒を少し緩めた。

「どこへ出るか」

鹿間が左手で壁を触りながら進んだ。

「……………」

大伍もときどき、息を殺して気配を探っていた。

「今日も無事に終わってほしいものだ」

気配がないことに大伍が安堵した。

剣の修行でも槍でも、武芸の修練を重ねると他人の気配に敏感になる。といったところで無限に感じ取られるわけでなく、名人上手で五間（約九メートル）四方くらいで、大伍は三間半（六・三メートル）四方といったところであった。

「こんなところで忍の相手はしたくないな」

大伍がため息を吐いた。

数日前、大伍は山里曲輪伊賀者の甲田葉太夫を倒している。だが、あれは剣を思い切り振るえる外でのことであり、手を伸ばせば天井や左右の壁に触れることのできる閉所では条件が違う。

振りかぶる、薙《な》ぐ、どちらも切っ先が当たる。

「突きと下段くらいか」

抜け道のなかで戦うとしたら、切っ先が引っかからない技しか使えなかった。

「槍を用意しておくか」

薙ぎ払いはきかないが、槍は刀の間合いの外から突くことができる。また、突き技を交わそうにも左右は壁が、跳びあがれば天井が邪魔になる。

突きだけになるが、槍は十分狭いところで遣えた。

「そろそろ八つだな」

大伍が気を張り直した。

白木屋の手代が荷を背負った商い姿で、四谷の伊賀者組屋敷へと現れた。

「ごめんを」

手代が組屋敷の出入りを見張っている伊賀者へ腰を屈《かが》めた。

「呉服屋か。来るところをまちがえておるのではないか。ここは伊賀者組屋敷ぞ。呉服なんぞ買える者はおらぬぞ」

門番をしている伊賀者が苦笑しながら手を振った。

反物《たんもの》を購入してそれを衣服に仕立てるのは金がかかる。よほどのお歴々でなければ、衣服は古着を買って仕立て直すのが普通であった。

ましてや貧しさでは定評のある伊賀者である。その古着でさえ何年に一度買うかどうかであった。

そんな伊賀者組屋敷に反物を背負った呉服屋は場違いであった。

「いえ、こちらの鹿間さまより、お妹御さまのお輿入れ衣装をとのお話をいただきまして」

手代が呼ばれたから来たと告げた。

「鹿間の妹が嫁に……それはいいが、そのために新しい衣装を仕立てるとは……」

　門番の伊賀者が驚愕した。

「いや、他人の懐じゃ。気にしても意味はない」

　頭を横に振りながら、門番の伊賀者がため息を吐いた。

「あのう……」

「わかっておる。鹿間の家は、まっすぐ行って二つ目の角を左に曲がって最初にある」

　手代に急《せ》かされた門番の伊賀者が説明した。

　もちろんこれは外から見られていたときのための芝居であった。

「ありがとう存じまする」

　ていねいに頭を下げた手代が、言われた家へと向かった。

「鹿間さまはおいででございましょうか。白木屋から参りました者でございまする」

「あいにく出かけておりまするが」

　嫁に行くとされている妹が応対に出てきた。

「では、お伝えをお願いいたしまする。白木屋が参りまして、刻限は毎日昼八つから七つだと」

「白木屋さまから、刻限は八つから七つ。そう兄に伝えまする」

嫁に行く妹が繰り返した。

「お手数ではございまするが、よろしくお願いします」

白木屋の手代が帰っていった。

能見石見守のもとから報せが届くのが遅れたため、白木屋を通じて鹿間のもとへ報されるのが遅れたのであった。

「白木屋が来るなどあり得ない。無理をしていなければいいけど」

嫁に行くとわかってから必死に用意をしようとしてくれている兄を妹が気遣った。


今まさに密談がおこなわれていると知っていれば、鹿間も慎重を期して万全の準備をしたであろう。しかし、鹿間は下見のつもりであった。

もちろん、好機とあれば見逃しはしないが、それでも準備不足を上回るものではなかった。

「お庭番の縄張り」

いわば敵地であった。

中奥は将軍の私《わたくし》であった。中奥で将軍は起居し、食事や入浴をする。そこに許されていない者を近づけるようではお庭番の恥になる。恥どころか失策であった。もし見逃した者が刺客であったなら、お庭番の意味さえなくなってしまう。

お庭番が抜け道も把握しているとしたならば、かならず迎撃される。

「あちらは援軍がすぐ来る」

鹿間が苦い顔をした。

忍はなにをおいても生き残るのが義務であった。生き残ることで情報を伝えることができる。

「このような武器を遣う」

「人数はこのくらいいた」

「どこそこに罠《わな》が仕掛けられている」

この一つでも報せることができれば、次に生かせる。

「敵だ」

拠点防衛あるいは要人警固の忍に恥を感じる余裕はなかった。一人で武張ったところで、守るべき対象がやられてしまえば無駄でしかない。

「こちらは一人」

鹿間が下見と考えていたのも、次が本番だと考えていたからであった。

「かなり来たが……」

抜け道に入ってから小半刻近くが経った。

左手で壁を確認しながら進むという慎重な動きを取っているため、速度は這《は》うほどではあるが、そろそろ出口が近いはずであった。

「…………」

鹿間が一層気を張った。

大伍は暗闇のなか息を殺していた。呼吸を細くして、できるだけ音を消すためであった。

「……風」

頰にあたる空気がわずかに揺らいだ。完全に周囲から途絶されている抜け道のなかで風は起こらない。風は誰かが動いたことで生まれた。

確かめるような愚を大伍は起こさなかった。

すぐに懐から出した手製の手裏剣をまっすぐに投擲《とうてき》した。

手裏剣を飛ばせる距離はせいぜい十間（約十八メートル）ほどである。山なりに投げれば、もっと届くが天井の低い抜け道でそれをしたところで、己の近くで手裏剣が止まるだけであった。

「外れた」

手応えのなさに大伍は腰の刀を抜いた。

「……つっ」

手裏剣が抜け道の中央を飛んできたおかげでかするだけですんだ鹿間は、そのまま床に這いつくばって身を低くした。

「…………」

誰何《すいか》は無意味であった。答えが返ってくることはないし、逆に声を出すことで己の位置を相手に教えることになる。

また捕まえたところで、忍がしゃべるはずはなかった。

となれば撃退する。

退《しりぞ》けるのではなく、命を取る。このまま逃がせば、次は十分な準備をして再戦してくる。

「忍は仕留める」

これが唯一の正解であった。

「しっ」

小さな気合いを乗せて、大伍は暗闇へ飛びこんで太刀を小さく振った。

「…………」

正確に狙ってきた一撃に鹿間が無言で後ろへ跳んだ。

「手裏剣は位置を探るためのものか」

まっすぐ中央を飛んできた手裏剣へどう対応するかで、右にいるか、左にいるかを確かめたと鹿間が気づいた。

「はっ」

すでに大伍は第二撃に入っていた。かわされた太刀の勢いをそのままに突いた。

「ぐっ」

声を出さないように鍛錬する忍でも、必死の一撃へ対応するためには気迫を出さなければ厳しい。

鹿間が呻きながら、大伍の切っ先をなんとか避けた。

「お庭番か」

争いで、食いこまれたままというのはまずい。なんとかして体勢を整えなければ、いつか押し切られる。

鹿間はわざと誰何《すいか》した。相手の反応を引き出して、そこに付けこもうと考えたのだ。

「…………」

大伍は無言で声のした場所へ大きく踏みこんだ。

「余裕もないか」

嘲弄《ちょうろう》を含めた会話で鹿間が大伍を煽《あお》った。

「…………」

大伍は相手にせず攻撃を続けた。

「ちいっ」

鹿間はかえって付けこまれてしまった。

「やっ」

懐から適当に手裏剣を取り出して、鹿間が撒くように投げた。

「……くっ」

適当に投げた手裏剣なぞ切っ先がまともに向かってはいない。当たったところで傷も付かないが、面倒を引き起こした。

棒手裏剣は丸い鉄の棒のようなものなのだ。それが暗闇の床に撒かれたに等しい。もし、踏めば足下が危うくなる。

「………………」

大伍の躊躇《ちゅうちょ》を鹿間はしっかりと利用した。

わずかな隙を利用して、背中を向けると逃げ出した。

一度通った道を忍は忘れない。暗闇であろうが、目を閉じていようが、迷うことなく走る。

「命を長らえる技じゃ」

伊賀者は手裏剣の投げかた、水中に忍ぶ方法などよりも、先にこの逃げ技を叩きこまれる。

「しくじったな」

だが、忍ではない大伍は、暗闇のなかを駆けることはできない。

「叱られる」

大伍は小笠原若狭守の叱責を思い、肩を落とした。

二

黒鍬者三番組鈴川武次郎《すずかわたけじろう》は、田沼意次の手足となって働くことで目見え以上の地位を約束してもらった。

「この俺がお旗本だ」

旗本はおおむね二百石以上の禄を与えられる。禄には稟米《りんまい》と呼ばれる現物支給と小さいながら領地を与えられるものの二種類に分かれるが、当然領地持ちが格上になる。それでも黒鍬者から見れば、米を現物支給されるのは大きい。

「これなら佐久良も否やは言うまい」

鈴川武次郎は、佐久良に惚《ほ》れていた。

まだ手柄を立てるどころか、何一つしてもいないのに、鈴川武次郎はもう旗本になった気分になっていた。

「……佐久良だ」

黒鍬者の組長屋はとても屋敷といえたものではなく、小屋に近いがそれでも幕府に属している。門は許されていないが、それでも隣家との区別は付く。

もっとも隣家との間は、壁ではなく植栽で区切られているだけで家のなかの音などは筒抜けであった。

今、鈴川武次郎は森藤の組長屋を見張っていた。とはいえ、役目はあるため、朝から晩までたむろできるのは、三日に一度くらいでしかなかった。

「行って参りまする」

佐久良が門代わりに立てられている柱のところで、家へ向かって声をかけた。

「あまりお邪魔をするものではないですよ」

母親の梶江《かじえ》が娘を諫めた。

「射貫さまに頼まれているから、大丈夫」

佐久良が手を振った。

「覚悟はあるのでしょうね」

梶江が厳しい目で佐久良を見つめた。

「女は受け身なんだから。あなたが気を付けないと。射貫さまなら大丈夫だと思うけれど……」

母親が娘に忠告を与えた。

「安心して。これでも森藤の娘」

佐久良がにこりと笑った。

「じゃあ、夕刻までには戻ります」

「……まったく」

弾むような足取りで出ていく娘に母親が嘆息した。

「まあ、あれくらいならば問題ないでしょう」

背中を向けた梶江が口の端をゆがめた。

森藤の家を見張っていた鈴川武次郎が、佐久良の後を付け始めた。

「どこへ行くと」

鈴川武次郎の表情は険しかった。

「女は受け身だと言っていた」

それだけで相手が男だと分かる。

はいなかった。

遣り合うというほどではないが、一度鈴川武次郎は言い合った大伍のことを忘れて
「あやつか」

「小人目付だったはず」

禄にさほどの差はないが、黒鍬者と小人目付では身分が違う。黒鍬者は表向き名字を名乗れない小者扱いでしかなく、目見えなんぞ夢のまた夢という御家人の端の端とはいえ小人目付は名字帯刀できる。

「黒鍬者の娘としては望外の出世か」

鈴川武次郎が頬をゆがめた。

かつて五代将軍綱吉の愛妾《あいしょう》となった伝《でん》は黒鍬者の娘であった。まだ幼いころから美貌の噂が高く、儒学に淫《いん》して女に興味の薄かった綱吉を心配した実母桂昌院《けいしょういん》が召し出した。

伝は見事に綱吉の寵愛を受け、一男一女を儲けた。おかげで実家は千石の旗本となったうえ、甥《おい》は郡上八幡《ぐじょうはちまん》城主の養嗣子となって跡を継ぎ大名となっている。

もっともこれは極端な例であり、いくら美貌でも武士ではない黒鍬者の娘が将軍は

もとより大名の側室となることはまず無理であった。

それでも美貌で名高い娘が御家人の妻や旗本の側室になることは数少ないがあった。

「出世じゃ」

そうなると実家にも影響は出る。身分や禄が増えるわけではないが、金や米を合力してもらうこともあった。

「小人目付なんぞより、旗本が上」

鈴川武次郎がにやりと嗤《わら》って、佐久良との距離を詰めた。

「……佐久良どの」

手を伸ばせば届くというところで鈴川武次郎が佐久良を呼び止めた。

「どなた……鈴川さま」

振り向いた佐久良が驚いた顔をした。

「お見かけしたので、声をかけさせてもらった。どちらへお出かけか」

「……知り合いのもとまで参りまする」

問うてきた鈴川武次郎に、佐久良が眉間にしわを寄せながら答えた。

「お知り合いなれば、そう急かれることはございますまい。いかがでござるかな、八幡宮さまにお参りなど。最近うまい焼き団子を出す茶店ができたとか」

鈴川武次郎が佐久良を誘った。

「すみませぬが、急ぎますので」

佐久良が断って、歩き始めた。

「待たれよ。一刻（約二時間）ほどじゃ。たいした遅れではあるまい」

もう一度誘うというより無理矢理にも従わそうといった雰囲気で、鈴川武次郎が佐久良の肩を摑《つか》もうとした。

「身体に触れるのはご遠慮ください」

すっと身体をひねって、佐久良が鈴川武次郎の手に空を切らせた。

「なっ」

体勢を崩しかけた鈴川武次郎が顔色を変えた。

「俺を誰だと……」

「三番組の鈴川武次郎でございましょう」

佐久良が敬称を取った。

「生意気なまねをする」

鈴川武次郎が憤怒した。

「おまえは黙って俺のいうとおりにしていればいいのだ。そうすれば森藤の家も引きあげてもらえるように願ってやる」

「願ってやる……どなたに」

「……それは言えぬ」

佐久良に問い返された鈴川武次郎が目をそらした。

「絵空事、夢の話ですか」

「偽りではない。お名前は出せぬが、お引き立てをいただくことになっている」

嘲笑を浮かべた佐久良に鈴川武次郎が言い返した。

「お引き立て……どのような」

佐久良が具体的な話を求めた。

「旗本だぞ」

「…………」

胸を張った鈴川武次郎を佐久良はうさんくさい目で見た。

「疑っておるな。だが、しっかりと約束をいただいた。働けばまちがいなくお目見え以上にしてくださると」

「ありえませぬ」

自慢げな鈴川武次郎に佐久良があきれた。

「黒鍬者は武士ではございませぬ。ましてや三番組は新参、一代抱えの小者。それが戦場で大将首を獲って、ようやく叶うであろう立身をする。この泰平の世にどのようにすれば、そうなるのか」

佐久良が首を横に振った。

「むっ」

鈴川武次郎が詰まった。

「うまき者を喰わせる人に油断するなということわざもございますし」

「あのお方さまは違う」

柔らかく微笑みながら嫌味を口にした佐久良に、鈴川武次郎が反駁《はんばく》した。

「どなたさまでございますか」

「…………」

再度問うた佐久良に鈴川武次郎が沈黙した。

「名前も言えぬお方の話など、聞きませぬ。では」

「……あっ」

すばやく身を翻《ひるがえ》して離れていった佐久良へ、鈴川武次郎が未練がましく手を伸ばした。

「腹だたしい女め。少し美しいというだけで、この俺を袖にするなど認められるか」

遠ざかる佐久良の背中を鈴川武次郎が睨みつけた。

「どこへ行く」

振り返りもせず、鈴川武次郎のことなどどうでもいいとばかりに進んでいく佐久良から鈴川武次郎は目を離さなかった。

「小人目付ならば、組屋敷のはず。方角が違うぞ」

鈴川武次郎が気付いた。

「誰に会う。あやつではないのか」

心なしか弾んでいるような佐久良の足取りに、鈴川武次郎が目を細めた。

「………」

鈴川武次郎があらためて佐久良の後を追い始めた。

「付いて来たかあ」

佐久良は鈴川武次郎の行動を把握していた。

「大伍さまのもとへ連れていくのはよくないかな」

歩きながら佐久良が思案した。

鈴川武次郎の腕はわかっている。大伍ならば容易に排除できる。

「女好きで武力もない。あのていどの男を旗本にすると約したお方というのは……いったい誰なのか」

佐久良が考えた。

「なにより三番組がどうやって取り入った」

譜代の一番組、二番組は江戸における大名行列の差配をする。

「なにとぞ、当家を優先していただきたい」

「某家と少し因縁がございますので、ぶつからぬようにお願いをいたしまするる」

大名家にはいろいろと確執がある。下手に辻《つじ》で行き交《か》うだけでもめ事になることさえあるのだ。

そういった要望は譜代黒鍬者の組頭に持ちこまれる。

「承知いたしましてございまする」

「気を付けましょうほどに」

金の遣り取りは伴うが、顔つなぎにもなる。

だが、道の掃除、目付の荷物持ちなどしか任せられない外様の三組、四組の黒鍬者には、そういった縁はなかった。

「……まあ、いいわ。どうせ、あたしにはかかわりないし」

佐久良はあっさりと思案を放棄した。


鹿間を逃がした大伍は、報告をするために抜け道から出て、御用の間へと近づいた。

「気が重いわ」

大伍はため息を口のなかで殺した。

御用の間は中奥の庭に突き出るような形をしている。その先には将軍専用の茶室があるため、庭のなかで独立しているわけではないが、それでも聞き耳を立てるのは難しい。

「…………」

声を出さずに御用の間の障子窓を、大伍はやさしく叩いた。

「公方さま、こちらへ」

小笠原若狭守がすばやく家斉を窓から遠ざけた。

「……射貫か」

家斉が小笠原若狭守にかばわれながら誰何した。

「はっ」

小さく大伍がうなずいた。

「よいな」

「はい」

家斉が小笠原若狭守に問い、同意を待ってから、

「入れ」

大伍へ許可を出した。

「御免を」

障子窓を開けて、大伍が御用の間へ入りこんだ。

「来たのだな」

即座に家斉が確認した。

「はっ。抜け道を通って参りましてございまする」

「抜け道を……」

大伍の答えに小笠原若狭守が絶句した。

「伊賀者ならば知っていても不思議ではあるまい。なぜそれほど驚くのか」

家斉が首をかしげた。

「抜け道の場所は知られてはなりませぬ」

「当たり前のことではないか」

場所を知られていれば、抜け道を使っての脱出は罠にはまりにいくようなものである。しかし、確実に秘してしまえば、出口の警戒や逃げ出す将軍を迎えにいくこともできなくなってしまう。

小笠原若狭守の言葉に家斉が疑問を呈したのも不思議ではなかった。

「公方さま、抜け道の考えは江戸城の場合、いささか有り様が異なりまする」

「有り様が違うとはなんだ」

家斉が訊いた。

「援軍を想定していないのでございまする」

難しい顔をした小笠原若狭守が告げた。

三

小笠原若狭守の発言に御用の間にいた家斉と大伍が戸惑った。

「援軍を考えに入れていないというのは、どういうことじゃ」

「…………」

家斉が驚愕を抑えて問い、大伍は身分をわきまえて口をつぐんだ。

しかし、二人とも小笠原若狭守の解答を聞くべくじっと見つめた。

抜け道には二つの用途があった。

一つはいうまでもないが、落城のときに主君や一族、重臣などを無事に逃がすためのものである。

もう一つは、主君に危難が及んでいるとき、援軍を一気に奥まで送りこむためのものであった。

「江戸城は天下一の城でございまする」

「うむ」

小笠原若狭守の言葉を家斉が認めた。

かつて天下人と呼ばれた織田信長は安土城を、そして豊臣秀吉は大坂城を建てた。

どちらも現存はしていないが、その地位にふさわしい居城で、難攻不落を誇った。

その二人の天下を通過して、徳川家康は将軍となった。

「将軍にふさわしい城を」

家康は関ヶ原の合戦で諸大名を支配下に置くと、その力を使って江戸に城を造った。

「安土、大坂に引けを取ってはならぬ」

もう天下を争っての戦はない。あるとしても生き残っている豊臣秀頼《ひでより》の息の根を止めるだけのものだ。

つまり江戸城が攻められることはない。

だからといって城を造らない、形だけでいいとはいかなかった。

天下人には天下人にふさわしい威容を見せつける居城が要る。

「大坂城でさえ落ちた」

さらに家康は豊臣秀吉が心血を注いで造りあげた大坂城でさえ、天下の兵を相手にしては勝てないという現実を見た。

「徳川の血を残すことを考えよ」

豊臣を滅ぼした家康は、すべての仕事を終えたとばかりに死んだ。

「大御所吉宗さまからお伺いした話でございますが……江戸城は落ちることを前提として建てられているのでございまする」

「なんだとっ」

「……つっ」

家斉と大伍が絶句した。

本来城は落ちないように建築される。難攻不落こそ、本分なはずであった。

「天下が崩れるとき、それは周囲全部が敵になったときと吉宗公が仰せでありました。これは神君家康公のお考えだとか」

「むう」

家斉がうなった。

「外様も譜代も親藩も三家も敵になり、江戸へ攻め寄ってくる」

「はい。そうなれば幕府は崩壊しておりまする」

小笠原若狭守が家斉の考えを正しいと首肯した。

「援軍がない」

「………」

徳川が孤立したという家斉を小笠原若狭守が無言で肯定した。

「すべてが敵にはなりえませぬ」

思わず大伍が口を挟んでしまった。

「ないであろうな」

小笠原若狭守が認めた。

「ならば、援軍も……」

「そのとき、抜け道を知っている大名が敵でないという保証はどこにある」

「……それは」

大伍の考えを小笠原若狭守が潰した。

「御三家、譜代、たしかにすべてが徳川を裏切ることはないだろう。だが、どこが最後まで忠節を尽くしてくれるかはわかるまい」

「そのようなことは……」

「ないと言えるか。能見石見守は小姓組頭という公方さまにもっとも忠義を持つ者が任じられる役割をしておるぞ」

まだ首を横に振ろうとした大伍に小笠原若狭守が実例を出した。

「なにより越中守どのだ。あの御仁《ごじん》は公方さまを傀儡《かいらい》にしたがっておる」

「…………」

小笠原若狭守に大伍は反論できなかった。

「援軍を送らせようと信じた大名が敵に回れば、どうなる」

「城は落ちまする」

いきなり城の中枢へ万という大軍は無理にしても数百ほどの兵を送りこめるのだ。敵はまだ門の外と油断しているだけに、抵抗はできない。

「今代は信じられても、次代は、次々代は……百年後は」

「…………」

小笠原若狭守の言葉は家斉と大伍に染み入った。

「天下人の城は攻められた段階で落城が決まっているのでございまする」

「なんとも厳しいの」

　言われた家斉が、嘆息した。

　江戸は幾重《いくえ》もの防衛に囲まれている。西は箱根の険と小田原城、北は前橋、高崎など譜代名門の大名家、東は江戸湾、そして北は会津藩、そして奥州街道を扼《やく》する白河藩。

　島津《しまづ》、伊達《だて》や前田《まえだ》が江戸城を攻めようと思えば、それらの防壁を破るか無力化しなければならない。

　つまり、江戸城に敵兵が来たとき、もう徳川を守るべき藩屏《はんぺい》はもうなくなっている。そしてかつての大坂城、小田原城を見ればわかるように、味方の後詰めがない籠城は敗北を長引かせることはできても、決して勝利には繋がらない。

「江戸城の抜け道は、まさに公方さまをお逃がせ申しあげ、再起をはかっていただくためだけのもの。それの位置は知られてはならぬ。そう大御所吉宗公は仰せられました」

　小笠原若狭守が述べた。

「わかる。わかったが、ではなぜそなたは知っておるのだ」

家斉が大きな疑問を口にした。

「旗本は徳川家に属する者だからでございまする」

「意味が分からぬぞ」

小笠原若狭守の答えに家斉が不満を露《あら》わにした。

「徳川家があってこそ、旗本は生きられまする。なにより旗本は江戸が攻められるとなったときは、敵の数を減らすために出陣して討ち死にいたしておりまする。それを生き残っても城に籠もり、徳川家と運命を共にいたしまする」

「援軍となり得ぬし、抜け道について語ることもなしだと」

「さようでございまする」

小笠原若狭守が確かめた家斉へ首肯した。

「旗本では多すぎるな、抜け道を知る者は」

さらなる疑問を家斉が抱いた。

「…………」

わずかに小笠原若狭守が嫌そうに頬をゆがめた。

「申せ」

家斉が厳しく命じた。

「とくに選ばれた者として、大御所さまから選ばれた御側御用取次が教えられましてございまする」

小笠原若狭守が苦い声で言った。

「御側御用取次は、吉宗公が紀州から連れてきた者が始まりだと聞いたの」

家斉が思い出した。

御側御用取次は大奥を差配する御広敷用人とともに、吉宗が新設したものである。御広敷用人が大奥の暴走を抑えるためのものであったのに対し、御側御用取次は老中たちの専横《せんおう》を防ぐために設けられた。

跡継ぎなくして死んだ七代将軍家継は、その治政を幼いという理由で老中たち執政に握られていた。政は将軍から執政へと移行していた。それを取り戻すために、吉宗が執政たちと将軍の間に用件を取り次ぐ御側御用取次を挟んだ。

こうすることで老中がいきなり将軍へ直談判できないようにしたのだ。

「多忙にさせれば、目を通すことなどできまい」

老中たちは将軍親政を狙う吉宗に権力を奪われまいと抵抗しようとした。

「街道の補修を道中奉行に命じたく」

将軍が知らなくてもいい些事《さじ》まで持ちこむことで、吉宗の処理能力をこえさせて、

「この支払いは……」

「ええい、面倒じゃ。任せる」

老中たちへ一任させようとした。

それへの対策が御側御用取次の創設であった。

御側御用取次はその名前の通り、将軍の側にあって目通りを望む者、書類での認可を求める者の用件を取り次ぐ。

「お目通りを願いたい」

「ご用件を伺いまする……それではお取り次ぎできかねまする」

「公方さまの認可をお願いしたい」

「書付《かきつけ》を拝見……これをお見せするわけには参りませぬ」

御側御用取次は、目通りの可否を判断する権限を持たされていた。

「御用であるぞ」

「お取り次ぎできませぬ」

老中が権威を前に出して来ても御側御用取次はひるまない。老中に逆らうということがなにを意味するかくらいはわかっている。どれほど将軍が後押しをしたところで、役人の頂点である老中を敵に回した者の未来《さき》は昏《くら》い。

それだけの忠誠を持たなければ、御側御用取次は務まらなかった。

「御側御用取次だけが知っていると」

「はい」

「だが、それでは先ほどの余人が知るという話に矛盾いたしてはおらぬか」

家斉が納得いかないと首を左右に振った。

「誓紙を入れておりまする」

「……誓紙。そんなもの何の役に立つ。石見守もお休息の間で見聞きしたことは家族といえども口外せぬという誓紙を入れているぞ」

能見石見守の裏切りが実例としてあると家斉がため息を吐いた。

「…………」

小笠原若狭守が黙った。

「どこまでご存じなのでございましょう」

大伍が口をもう一度挟んだ。

「抜け道についてか」

「それを是非お伺いいたしたく」

念を押した小笠原若狭守に大伍が頭を下げた。

「なにも知らぬ。ただ、入り口がどこにあるか、出口が山里曲輪に繋がっているということと、公方さまをお連れするのが甲府城だというだけ」

「出口の正確な場所はご存じないと」

「知らぬ。そこまで教えてくださらなかった。というより大御所さまもご存じなかったのではないかと思う」

小笠原若狭守が告げた。

「出口は知らずともよい……」

大伍が繰り返した。

「たしかにそうじゃな。逃げ出す状況ならば、どこへなどと考えている間はないの。唯一の道なんだからな」

家斉が納得した。

「しつらえられた順路を進むしかございませぬな」

小笠原若狭守も同意した。

「申しわけありませぬが……」

主君と側近の二人で話がまとまりかけている。そこに大伍は割って入った。

「なんじゃ」

家斉が大伍に顔を向けた。

「御側御用取次さまは抜け道の入り口しかご存じない」

「うむ。誰も知らなければ、万一のときに困ろう」

確認した大伍に小笠原若狭守が首を縦に振った。

当たり前の話だが、抜け道の有無を将軍は知っていなければならなかった。でなくば、万一のときに混乱して、抜け道から遠いほうへ避難しかねないし、下手をすると「もはやこれまで。武家の頭領として恥ずかしくないように切腹する」と生き延びることをあきらめかねない。

だが、将軍世子は抜け道を知らされていない。もともと世子は本丸ではなく、西の丸にいるため抜け道から遠いというのもある。もちろん、西の丸には西の丸の脱出方法はあった。ただ、将軍と世子はできるだけ別に逃げるのがよい。同行していて敵に見つかれば、将軍とその跡継ぎを同時に失いかねないからであった。そうなれば徳川は跡目を巡って混乱する。

織田家をみればその被害が分かる。

せっかく信長と嫡男の信忠は、本能寺と二条城に分かれて宿泊していたにもかかわらず、本能寺で信長が明智光秀に襲われたと知った信忠があわてて加勢として向かってしまった。

しかし、すでに本能寺は落ちており、信長は切腹して果てていた。

信忠の行動はまったくの無駄になったうえ、京から逃げ出す貴重なときを費やしてしまった。

結果、信忠も切腹しなければならなくなった。

もし信忠が本能寺へ行かず、まっすぐ大坂へ向かって脱出、生き延びていたならば、織田家の崩壊は防げ、豊臣秀吉の台頭はなく、徳川幕府もできなかった。

それを徳川家は見てきた。いいや、利用して天下を獲った。

当然、そういう事態に対しての教訓も得た。

「入り口を知っているだけでは、攻め手に抜け道は使いようがない……」

「ないだろうな。戦の最中にのんびり出口を探している暇などあるまい」

考えこんだ大伍に小笠原若狭守が続いた。

「さればよ、今回のことは問題じゃな」

家斉が指摘した。

「仰せの通りでございまする」

大伍が首肯した。

「伊賀者だろうと思われる忍に抜け道の出口を知られてしまった」

言いながら小笠原若狭守が大伍をしろっと睨んだ。

「わたくしは決して口外いたしませぬ」

そういえばおまえも知っているなと目で告げた小笠原若狭守へ大伍は強く首を横に振った。

「その保証はどこにある」

「わたくしごとき、ひねり潰すのは簡単でございましょう」

詰問するような小笠原若狭守に大伍が返した。

「その前に抜け道のことを外様大名などへ売り払って逃げ出すこともできよう」

まだ小笠原若狭守は追及を止めなかった。

「今どきの外様大名に、抜け道の話を買うだけの度胸を持つ者はおりませぬ」

関ヶ原から百八十年、天下は徳川家のものとして安定している。島津にせよ、伊達にせよ、江戸を攻めるだけの力はない。無理をして兵を出したところで、要路に置かれた御三家、親藩、譜代大名という壁が立ちはだかる。

「江戸城の秘事を買うとは、謀叛を起こすつもりだな」

逆にそれを知った幕府から咎められる羽目になりかねなかった。

「ひょっとしてどこかの大名が、いつか役に立つだろうと買ってくれたとして……そのことを知っているわたくしを生かしておきましょうか」

大伍が殺されると身を縮めた。

「生かしておくまいな」

秘事を知る者は少ないほどいい。なによりそれを売るような輩《やから》は信用できなかった。

「貴殿だけに」

情報というのは壺や茶碗と違って、一度売ってしまえば相手のものだというふうにはならない。いくらでも売り込みはできる。

それこそ天下三百諸侯が知っているとなりかねないのだ。

「疑い始めればきりがないであろう」

家斉が手を振った。

「躬にも若狭守にも自在に遣える者は少ない。とくに分家から入った躬には譜代と呼べる者がおらぬ」

大きく息を吐きながら家斉が続けた。

「『土介寇讎記』……やはり分家から将軍となられた綱吉公がなぜ作られたか、よくわかったわ。先ほどの抜け道の出口を報せてはならぬというのも躬には堪えた。躬が将軍として人生をまっとうできるかどうかは、信頼できる家臣を得られるかどうかにかかっている」

「公方さま」

まだ若い将軍の覚悟に小笠原若狭守が感銘を受けた。

「射貫」

「はっ」

「金以外に禄米五十石相当を与える。早急に抜け道を知った者を探し出して討ち果たせ。それと躬の『土介寇讎記』の作成も遅らせるな」

「承知いたしましてございまする」

台命《たいめい》となれば、御家人の大伍に拒否はできない。

大伍が平伏した。

四

御家人、旗本の加増、減禄は若年寄の支配で、表右筆《おもてゆうひつ》の担当になる。

「公方さまより、先祖の功により加恩くだしおかれる」

将軍の意思を各役人へ告げるのも御側御用取次の役目である。その日のうちに大伍は五十石取りの御家人になった。

先祖の功というのは、はっきりとできない理由代わりとして無難なものであった。

「承りましてございまする」

とくに御家人の場合は問題になりにくい。これが役付き旗本とかになると奥右筆の仕事になり、老中の目も通る。

しかし、御家人で無役となると、幕府の役人ではなく、徳川の家臣としてのものとなり、公ではなくなる。公でなければ、まず老中の目には触れなかった。

老中は天下の執政であり、徳川家の家老や用人ではない。こういった徳川の家臣にかんするものは若年寄の差配になるが、五十石やそこらという生涯を見ることもない御家人のことなど、気に留めることもなくそのまま流れていく。

表右筆の筆が入れば、誰も異論は唱えなかった。

認可は表右筆の役目、役人は誰でも他人の権限に手出しすることを躊躇する。少し気になるからといって、再審査などを言い出せば、表右筆の不興を買う。

「貴殿のときは念入りに調べましょう」

「いや、それは」

表右筆は奥右筆ほどの力は持たないが、それでも嫌がらせをするくらいはできる。手を止めさせた者に好意的な扱いはない。

「…………」

多少気になることがあっても下僚は気づかない振りをして、淡々と職務を遂行する。

「射貫どの、殿より預かって参りました。新しい禄米切手でござる」

翌日には五十俵の禄米切手が坂口一平の手で届けられた。

「次の玉落としからもらえますすな」

大伍が喜んだ。

知行所を持っている旗本は、年に一度年貢で収入を得る。一方、禄米取りは年三回、二月、五月、十月に現物支給された。

そのときに使うのが禄米切手であった。

この禄米切手を浅草の米蔵へと持っていけば、二月、五月は四分の一ずつ、十月だと半分が支給される。

まだ少し間はあるが、次の玉落としは十月、大伍の手元には二十五俵の米が手に入る。

幕府の場合、一俵は四斗とされている。二十五俵ということは十石になった。

概ね人は年一石の米を消費する。二十五俵あれば、大伍一人ならば十年喰えた。

もちろん、すべてを米で消費するわけにはいかなかった。米だけ食えばいいわけではなく、魚や菜《な》などの菜《さい》も要る。ほかに衣服も買わなければならないし、炭や薪なども買わなければならない。

　極端な話になるが、一石ぶんの米を確保して残り全部を金に代えてもいいのだ。

「あとはこちらを」

　喜ぶ大伍に坂口一平が袱紗《ふくさ》包みを出した。

「金でござるな」

　袱紗で包まれているとなれば、金しかなかった。

「先日のとは違って祝いの金五両ござる。主から好きに遣えと」

「かたじけなし」

　大伍が押し戴いた。

　一両あれば民が一カ月の間生活できる。

「では、これで」

　坂口一平が去っていった。

「お帰りになられたのですね」

　佐久良が座敷に顔を出した。

「白湯しかないのでは、歓待もできませんので助かりました」

茶は高い。小人目付や黒鍬者ではまず口にできなかった。

「これを預ける」

大伍はもらったばかりの金から三両を佐久良へ渡した。

「こ、小判……」

金色の光に佐久良が身を震わせた。

「それで米や味噌などの手配を頼む」

「多すぎまする」

小判三両で米を買えば二人でも一年半は保つ。

佐久良が手を出しかねていた。

「魚や饅頭《まんじゅう》を買ってもよいぞ。次の玉落としまでそれでいければ助かる」

「……魚や饅頭も」

「もちろん、佐久良も食べていけ。森藤どのへの土産のぶんもな」

大伍が鷹揚《おうよう》に言った。

「お酒はいかがします」

「酒は不要だ」

「お好きでしょう」

「好きだが、しばらくは禁酒いたす」

己のことなら大概知っている佐久良の問いに、大伍は首を横に振った。

伊賀者かどうかわからないが忍を敵に回している。酒に酔って対応をしくじれば、死ぬことになる。

「………………」

疑いの目で佐久良が大伍を見つめた。

「そこまで酒にだらしないか、吾は」

大伍が苦笑した。

「そうではございませぬ。今、わずかに頬が引きつりましたように見受けられました」

「……それは」

佐久良の言葉に大伍が息を吞んだ。

「注視しておりますので」

「吾の顔をか」

「はい。心の揺れは顔に出やすいのでございます」

驚いた大伍に佐久良が答えた。

「それはわかるが……」

目付の配下で小人目付をしていたのだ。取り調べをしたこともあるし、職務の一つ
牢屋敷の見廻りでは罪を犯した者たちを何人も見た。

「なぜにそこまで真剣に」

真顔の佐久良に大伍が怪訝な顔をした。

「浮気を見抜けるからでございますよ」

「……浮気っ」

大伍が佐久良の返事に絶句した。

「男の人というのはしかたないものだそうで、妻がありながら他の女に気を移したり、
臥所《ふしど》をともにしたりする。それに気付かないようでは、いつの間にか妻という座をな
くすことになるから気を付けなさいと」

「誰がそのようなことを」

大伍が要らぬことを佐久良に教えた者について訊いた。

「母から習いました」

「梶江どのか……」

優しい笑顔をいつもたたえている梶江の裏を見せつけられた気がした大伍が目を覆った。

「我らは婚姻をかわしたわけではない。今から心配することはなかろう」

「だからでございまする。口約束の今ならどうとでもなりましょう」

手を振った大伍に佐久良が真顔で告げた。


そそくさと佐久良の前を退散した大伍は、一つだけある蔵に籠もった。

「…………」

大伍は蔵のなかの武具簞笥《だんす》から棒手裏剣を取り出して、その先を研ぎ始めた。

棒手裏剣を町の鍛冶屋に注文することはできなかった。手裏剣は一種の飛び道具とされ、武術の修練以外での持ち運び、使用は禁じられている。

「十本作って欲しい」

などと鍛冶屋に頼もうものなら、即座に町奉行所へ話が持ちこまれる。

「できたそうだな」

しばらくして引き取りにいけば、

「徒目付である。お目付さまの前で事情を聞かせよ」

待ち構えていた捕吏に連行される。

「目付は罪を作る」

小人目付をやっていたのだ。目付がどれだけ悪辣《あくらつ》かはわかっている。

目付は戦国の軍《いくさ》目付からきている。卑怯《ひきょう》未練なまねをしていないか、戦場で戦いにかかわることなく、味方の行動を見張る。卑怯未練なまねをしていないか、申告した手柄はたしかなのか、軍目付の判断は、主君といえども尊重しなければならない。

当たり前のことながら、軍目付は公平公正を旨とする。軍目付の言葉が違っていては、武士の根幹である手柄と恩賞という形式が狂う。

これが今の目付にも伝わっていた。

目付はまちがわない。

もし、目付が訴追した者が無罪となっては、根底が崩れてしまう。さらにまちがいをした目付は、その償いとして辞任あるいは切腹し、自らにも厳正であると示さなければならないのだ。

「その行為不埒《ふらち》である」

訴追した者が冤罪《えんざい》であった場合は、目付の名誉の失墜と己の命がなくなる。となれば、どのようにでもしてのける。

目付によって疑われたために、泣きを見た者は多い。

小人目付を辞めた者が手裏剣を注文する。

「武術の鍛錬のためでござれば」

隠密を務めることもある小人目付だからこそ、手裏剣は認められていた。それが小普請組になった後となれば、その名分は使えなくなる。

「不審である」

目付が喜んで取り調べ、

「公方さまのお身体を狙っておるな」

本当に武術の鍛錬であったとしても、無罪放免はされない。

「謀叛人として九族死罪となるか」

そう言われれば、切腹するしか逃れる術《すべ》はなかった。

「逃れぬとして、あの者は腹を切った。目付は未然に謀叛を防いだ」

最後は目付の手柄になる。

末路がわかっていて、手裏剣を研ぎに出すほど大伍は愚かではなかった。

「全部で八本」

大伍が手にしているのは、先日抜け道で戦った忍が逃走のために撒き散らした棒手裏剣であった。

棒手裏剣を手に入れる機会がない大伍にとって、落ちている棒手裏剣はまさに宝物であった。

「これは床に当たったな。切っ先が欠けている。こちらは少し曲がっているか」

一本、一本、大伍は棒手裏剣を点検した。

鉄芯を五寸（約十五センチメートル）から七寸（約二十一センチメートル）ほどの長さに切り、その先を尖《とが》らせた棒手裏剣は丈夫な造りをしている。

だが、投げかた、刺さりかた、ぶつかりかたによっては、破損することもある。

「これも手入れせねばならぬな」

傷んだ手裏剣を使った場合、まっすぐ飛ばなかったり、当たったが刺さらないといったことになる。

それでは手裏剣を遣う意味がない。

「しかし、儲けた」

大伍がほくそ笑んだ。

手裏剣は投げつけることもあり、使い捨ての道具であった。その割にいい鉄を使って作らなければならない。折れ釘や穴の空いた鍋釜を溶かしたようなくず鉄では、質が悪すぎて刺さらないとか、剣で弾き飛ばされたりしてしまう。

いい鉄で作られた手裏剣は当たった剣をへし折るくらいはしてのけるし、手のなかに仕込んで使えば槍のような威力も出る。大伍が唯一持っていた手裏剣も、もとは槍の穂先であった。捨て値で売られていた柄の折れた槍を古道具屋から買い取って、改造したものである。悪いものではないが、投げるということを考えて作られていない槍の穂先では、どうしても無理があり、有効打を与える距離は二間（約三・六メートル）ほどしかなく、本物の五間（約九メートル）には遠く届かない。これは飛び道具としては勝負にならない差であった。

「あまり使いこんではいないな」

先を研ぎながら大伍が呟いた。

手裏剣などの飛び道具は回収しにくい武器ではあるが、それでも敵を倒したり、敵が逃げたりしたときは拾って帰る。さすがに鉄炮《てっぽう》の弾は無理だが、矢や手裏剣は再生がきく。

それだけに使えば、どうしても傷が付く。その傷を放置していると錆《さび》が入りこんだりするため、しっかりとした修繕が要った。

「誰の持ちものか」

これが能見石見守の求めに応じた白木屋の手配による者のものだとはわかっている。問題は、その忍の行方を追い、始末をするのが大伍の仕事だということであった。

「江戸で忍と言えば、まず伊賀者だが……長善寺《ちょうぜんじ》の一件から百五十年以上経過したとはいえ、御上に対して手向かいするとは考えにくい。甲賀者はもう門番であり、忍とはいえぬし……大手門警固という名誉ある役職を剝奪されるようなまねはすまい」

大伍が手裏剣を研ぎながら思案した。

幕初、待遇の改善を求めて伊賀組が反乱を起こした。屋敷を出て長善寺に籠もった伊賀者たちは、その技を使って江戸の町を混乱させたが、数千の旗本に囲まれて降伏し、その牙を抜かれていた。

「あやつは忍であった」

身のこなし、気配の消しかたが大伍とは違った。

幕府には伊賀組、お庭番とは別に隠密がいた。それが小人目付、徒目付であった。

どちらも目付の配下で、その指示によって諸藩の屋敷、城下を探索した。

しかし、それは命じられてのことであり、家柄は小人目付が最下級の御家人、徒目付が百俵前後の御家人に過ぎない。つまりは忍の修練などしたことはなかった。

まさに付け焼き刃であり、武芸や体術に優れた者が選ばれて目付隠密となるが、とても本職には及びも付かない。

「どこかに訊けばわかるというものでもなし」

伊賀者組屋敷を訪ねて、心当たりはないかと問うたところで、

「存ぜぬ」

と否定されるのはわかっている。

「ああ、あいつか」

などと言おうものならば、なぜ報告をあげなかったと目付あたりからこっぴどく叱

られることになる。

「第一、今の吾はただの無役、小普請組の御家人に過ぎない。なにかを表だって探ることはできぬ」

それこそ、なぜおまえが……越権行為であると咎められる。

「小笠原若狭守さまが伊賀組に命じてくだされば助かるのだが、なさるまいな」

大伍が嘆息した。

「御用の間警固をしているときに、ときどき耳にするていどだが、どうやら公方さまと老中首座松平越中守さまの間はあまりよろしくなさそうだ。となれば小笠原若狭守も越中守さまと敵対している」

御側御用取次は将軍の腹心中の腹心である。家斉の行動に諫言したりはしても、絶対の忠誠を捧げている。

「目立つようなまねはなさらぬな。同じお休息の間に越中守さまの手の者である能見石見守さまがいるのだ。御用の間に忍が近づいたとは言えまい。言えば、たちまち御用の間付近は目付によって荒らされる。抜け道の入り口が見つかるだけでなく、なかにまで入りこもうとするだろう」

目付の傲慢さ、強引さを大伍は嫌というほど見てきた。

「直接公方さまから、詮索を禁じるとのお言葉をいただくまで、小笠原若狭守さまがどれだけ抵抗しようとも平然として調べ続ける」

目付は老中でも監査できる。ときの執政でも遠慮しないだけの見識を誇っている。御側御用取次にも平然と噛《か》みつく。

「なにを調べられておるのかの」

そうなれば松平定信が興味を持つのはまちがいない。

「堂々と調べができぬとあれば、裏で探りを入れるしかなくなるが……相手が伊賀者ではの」

小さく大伍が首を横に振った。

「……またも待ちの一手になるか」

伊賀者組屋敷へ忍びこむことは難しい。もし入りこめたとしても、誰が抜け道に来た者かがわかっていなければ、どこの長屋を探ればいいのかわからない。

ならば大伍の妨害で依頼をしくじった忍がまた来るのを待ち構えるのが効率的であった。

「忍はしつこい」

逃げ出すときの思い切りのよさはよい忍の条件であるが、任を果たすまで何度でも挑んでくるあきらめの悪さは忍の根本である。

「金が絡んでいて、しくじりましたでは通るまい」

能見石見守の屋敷で用人の源内が報酬の話をしていた。

どのような仕事でもそうだが、依頼を果たせなかった場合は、罰がある。少なくとも受け取った金は倍返しにしなければならなかった。

「忍にそれだけの金はない」

裕福な忍というのはいなかった。

各大名が抱えていた忍を放逐した幕初のころには、あらたな仕事先もなく盗賊に身をやつした者が多く出た。そして、そのなかには千両、二千両という金を手にして裕福な生涯を送った者もいた。しかし、そんな連中が子孫に厳しい忍の鍛錬を課すはずもなく、今では忍崩れの盗賊という者は噂にあがることもなくなっている。

「倍返しできぬとなれば、意地でもことを果たすしかない。あやつはまた来る」

あのとき、油断があったことは確かであった。

「今度こそ、仕留める」

大伍は研ぎあげた手裏剣の先を見つめた。

第五章　想いの果て

一

白木屋と連絡に齟齬《そご》が出たことなど、鹿間にとってどうでもいいことであった。

「お庭番と敵対した」

あきらかに抜け道の果てで待ち伏せをされていた。暗闇で相手を直視できなかったのもあるが、鹿間は大伍を中奥警固のお庭番だと考えていた。

「毎日のことなのか、それとも吾が行くと分かっていたのか」

鹿間最大の懸念はここにあった。

「いつものことならば、罠を知らずに飛びこんだ獲物である吾が未熟であったですむ。

もし、そうではなく、吾が行くとわかっていたなら……」

出会い頭ではなく、待ち伏せていたとなると、白木屋に来た仕事の話が外に漏れているということになる。

幕府隠密御用を承っている白木屋が、江戸城へ忍びこむような輩に仕事を斡旋《あっせん》しているとばれれば、江戸一の大店が潰される。

「白木屋の者たちは耐えきれまい」

当然、潰される前に白木屋にかかわっている者は、町奉行所から徹底的に取り調べられる。石抱き、海老反りなど老中の許可と医師の同席が必須とされるきつい拷問も遠慮なくおこなわれるだろう。

それほど江戸城に忍が侵入したという話は大問題であった。

「しくじった」

逃げ出すためにやむを得なかったとはいえ、棒手裏剣を撒き散らしたことを鹿間は後悔していた。

忍にはいろいろと流れがあった。

まず天下二大忍と言われる伊賀と甲賀、北条《ほうじょう》の関東制覇を助けた風魔《ふうま》、上杉《うえすぎ》の勝利の立役者軒猿《のきざる》、真田《さなだ》家の手足と言われる戸隠《とがくし》、他にも伊達の黒はばき、薩摩の捨てかまりなど諸国に流派は点在していた。

どれもその在りようが違う。風魔や軒猿、黒はばきなどのように一大名家に仕えて、そのために働くもの、甲賀のように国人領主が忍となって主を替えながら生き延びたもの、そして伊賀のように決まった主を持たず、そのたびごとに金で雇われて仕事をこなしたもの。

仕事の内容や、性質、そして褒賞もそれぞれで形を変えてきた。

当然、仕事に添うように忍の姿も変化していく。つまり遣う道具にも流派によって特徴があり、見る者が見ればすぐにどこのものかわかる。

「伊賀者と知られたな」

鹿間が苦い顔をした。

「どうすればいい……」

対応に鹿間は苦悩した。

伊賀者が老中や側用人の指示で動くこともあるのに比して、お庭番は将軍の指図しか受けない。ようは将軍にだけ忠誠を誓っている。

「伊賀者がここまで入りこんだうえに、攻撃を仕掛けてきた」

鹿間の行動は、こう取られて当然なものであった。

「最初に疑われるのは、伊賀組になる」

大名が潰れれば牢人が出るように、戦がなくなれば忍の仕事も減る。なにより大名から忍を抱える余裕が消えた。

「伊賀組に属していない伊賀者がいないとは限らぬが……まず最初に伊賀組が調べられる」

鹿間は身を縮めた。

かつて伊賀組は、幕府へ叛旗《はんき》を翻したことがあった。忍の技を駆使した先祖たちはかなりの期間抵抗したが、多勢に無勢では勝つことができず、降伏した。その結果、一つにまとまっていた伊賀組は、連携を取れないよう御広敷伊賀者、小普請伊賀者、山里伊賀者などに分割されてしまった。

「武士は我慢ができて一人前。待遇が悪いと騒ぐなど、やはり伊賀者は覚悟が足りぬ」

幕府の伊賀者を見る目は軽蔑に溢れている。

「かかわりないと否定すれば、忍のことは忍がしろと伊賀組に探索が命じられることになるだろう」

鹿間が首を横に振った。

目付や老中は伊賀者を人だとは思っていなかった。

「犬のことは犬にさせよ」

己は動かず、口先だけで人を遣う。

「わかりましてございまする」

端《はな》から鹿間だとばれているのだ。組頭や山里伊賀者に白木屋の依頼のことを匂わせている。命令は拒めないが、まじめにするとは誓っていない。

「捕まえることが、かないませず」

「一向に正体が知れませぬ」

当たり前だが、鹿間をかばう。

「役立たずめ」

「お庭番もあることだし、伊賀組は不要ではないか」

かならずこう言い出すものが現れる。

「相談をせねばならぬ」

大きく嘆息して、鹿間は御広敷伊賀者頭を訪ねた。己一人ではどうしようもないと肚をくくった。

「……どうするかの」

鹿間の話を聞かされた御広敷伊賀者頭が腕を組んだ。

「お庭番を敵に回してしまったことを詫びる」

素直に鹿間が頭を下げた。

「それはいい。お庭番は脅威ではないからな」

御広敷伊賀者頭が言った。

「腕達者だぞ」

鹿間が大伍との戦いを思い出して告げた。

「たしかにそれは認めるが、お庭番は伊賀組の敵にはならぬ」

自信があると御広敷伊賀者頭が胸を張った。

「なぜそう言える」

「数が少なすぎる」

問うた鹿間に御広敷伊賀者頭が答えた。

「お庭番は十七家をもって、その祖としている」

本家筋はそれだけしかないと御広敷伊賀者頭が続けた。

「分家や部屋住をくわえたところで、三十人には届かぬ。それに対して、御広敷伊賀者だけで六十余家、部屋住をくわえれば八十人。ほぼ三倍である」

「圧倒できると」

鹿間の表情が緩んだ。

「多少の腕の差など、数の前には意味がない」

「たしかに」

御広敷伊賀者頭の言に鹿間が同意した。

一対一では無敗を誇る剣術の名人上手でも、一対二になるだけで不利になる。前後を挟まれるか、左右を押さえられるか、どちらにせよ集中できなくなる。

「敵などいくらいても、その動きには遅速がある。それを見抜けば一対一と同じ。後はそれを敵の数だけ繰り返せばいい」

と自負する剣術遣いもいるが、世のなかはそんなに甘くはなかった。遅速はたしかにどうしても出るが、それを少しでも合わせるように修練を積めば、かなりましになる。なにより体力の保《も》ちが違う。数が多いほうは、うまく立ち回れば休息を取ることができる。休息とまではいかなくても、呼吸を整えるくらいはできた。

　だが、一人だとそれはできなかった。少しでも気を抜けば、襲いかかられる。そんななかで休息などできるはずもなく、どれほど持久力がすごくとも永遠には戦い続けられなかった。

　数は戦いにおける正義であった。

「問題はお庭番が公方さまに報告をしたかどうかだ」

「それはしたと思う」

　中奥の抜け道まで侵入されたのだ。黙っていては危ない。いつ家斉の寝首を掻かれるかわからない。

「していれば、勝ち目はない。さっさと逃げ支度をせねばならぬ。伊賀者すべてがな」

　御広敷伊賀者頭が大きく息を漏らした。

　伊賀者が裏切ったことになる。

「捕まえよ」

鹿間一人の考えとしてくれればいいが、

「一人のことではあるまい。伊賀組がかかわっておろう。伊賀組を滅ぼせ」

飼い犬に手を噛まれたとばかりに将軍が命をくだす可能性は高い。

数は少ないとはいえ、お庭番がいる。もう、幕府は忍仕事を伊賀組に頼らずともよくなっていた。

「飼い犬になったとはいえ、忍じゃ。天下のどこでも生きていける。ただ、安寧《あんねい》は失うことになる」

御広敷伊賀者頭が淡々と言った。

徳川幕府の同心として組みこまれることで、伊賀者は薄給ながら生きていけるだけの禄を得て、いつ敵に襲われるかわからないという恐怖から離れることができた。

夜、物音で、気配で飛び起きる。戦国のとき、忍は我が家でも熟睡できなかった。

親子兄弟隣人、そのすべてに注意を払わなければ生き残れなかった。

それが泰平で変わった。

もちろん、すぐに目覚めるだけの訓練は積んでいる。とはいえ、命がけで身につけた技ではないのだ。どうしても緩くなる。

咄嗟《とっさ》のときに動きを阻害するとして、真冬でも夜着を使うことはなかったのが、今では綿入れをかけている。

刀を抱いて寝ていたのが、手が届くとはいえ身から離している。

伊賀者は堕落していた。

その堕落を許していた伊賀者同心という地位を捨て、天下に手配される逃亡者になる。

家を借りることはできても、そこに根付くことなく、いつでも消えられるようにする。定職に就けない、自前の田畑を持つこともできない。

なによりもその生活を子々孫々まで続けていくことになってしまう。

御広敷伊賀者頭が頬をゆがめるのも当然であった。

「早速に用意を」

「待て」

逃げ出すとなれば、それだけの準備がいる。さすがに鍋釜、箪笥長持を載せた荷車を曳《ひ》いてとはいかないが、長くここで生活してきたのだ。持っていきたいもの、いかねばならぬものもある。なにより追撃を受けたときに対処できるよう、武器、武具の用意は抜かりなくおこなわなければならなかった。

「気になることでもござるのか」

「本当に……」

「………」

鹿間がなにかを言いかけた御広敷伊賀者頭に首をかしげた。

「……本当に報告したのだろうか」

御広敷伊賀者頭が口にした。

「どういうことでござる」

鹿間が戸惑った。

「即座に報告をしたならば、もう徒目付が取り調べに来るか、組屋敷を大番組が取り囲んでいるはずだ。だが、その報せはない」

伊賀者が生活している組屋敷は、他見《たけん》を許さぬ秘事も多い。とくに忍道具の作成方法や、技の鍛えかたなどを知られるわけにはいかない。

組屋敷は当番制で伊賀者によって警固されており、なにか異変があればすぐに頭のもとへ報せが来る手はずとなっていた。

「報せぬなどということがありましょうか」

鹿間が疑問を呈した。

お庭番が隠密をしていることはわかっているが、最大の任は将軍の身辺警固であった。そのお庭番が中奥への侵入者を咎め立てないというのは考えられなかった。

「力不足を公方さまに知られることになる」

「……力不足、むう」

鹿間がうなった。

将軍の身辺警固は、いざというときに防ぐというのは当然、なによりもそのいざというときを造らないことが大事であった。

そのお庭番が抜け道の入り口という中奥の最奥にまで忍の侵入を許した。

「お庭番では足りぬ」

報告を受けた家斉がこう思うのは無理のないことである。

「ならばお庭番だけでなく、甲賀者、伊賀者、根来《ねごろ》組、新番組なども参加させて、二度とこのようなことがないようにいたさねばならぬ」

家斉の指示でお庭番の縄張りに他人が入りこむ。

お庭番も役人である。己の範疇《はんちゅう》に他の役人が食いこんでくるのは我慢がならない。

「邪魔だ」

御広敷伊賀者も大奥の警固をしているだけにわかるのだが、守るべき縄張りに他人が入ってくるのは面倒でしかなかった。

まずどこを誰が担当するかということでぶつかる。

「公方さまの御側守護という名誉ある任は旗本たる我ら新番組が請け負うべきである。忍ごときに任せるわけにはいかぬ」

「庭での戦いで甲賀者に敵《かな》う者はおらぬ」

お庭番と組むということは誰も考えていない。どうやって己たちの縄張りを増やすかでもめる。

次に意思疎通のできていない連中は、お庭番のことなど気にせずに動く。

「気配がっ」

「足跡がある」

お庭番だけのときにはそれらすべては敵であった。排除するだけですむ。それが一々誰のことかを確認しなければならなくなり、手間がかかる。

なにより、予定外の対応で気を張り続けなければならず、負担が大きい。

「お庭番にとって、数が少ないゆえ手の届かないところがあるというのは禁句であろう」

「おおっ」

御広敷伊賀者頭の説明に、鹿間が感嘆の声を出した。

「お庭番の力で、密かに片を付ける」

「そう考えていてもおかしくはない」

鹿間の発言に御広敷伊賀者頭が首を縦に振った。

「我らに置き換えてもわかることだ」

「いかにも。大奥へ誰かが忍びこんだとあれば、それを表に出すことなく、確実に始末を付ける」

御広敷伊賀者頭の言葉に鹿間が納得した。

「では待ち構えて……」

組屋敷は伊賀者にとって地の利になる。数もいる。

「いや、知らぬ顔をする」

「えっ」

御広敷伊賀者頭の策に鹿間が絶句した。

「おぬしの仕業《しわざ》だという証はあるのか。顔を見られたとか、名前の入ったものを残してきたとか」

「それはございませぬ」

確認された鹿間が首を強く横に振った。

「ならば、調べに来るだろう。証拠もないのに適当に伊賀組を襲っては、秩序がたもてまいが。誰がやったのかを明らかにしないと、お庭番と伊賀者との戦いになりかねぬ。しかもこちらに大義名分はある」

「むうう」

御広敷伊賀者頭の意見に鹿間がうなった。

「ならばわかるだろう。しばらくの間、おとなしくしておれ」

「白木屋の仕事を放置しろと」

「そうだ。ここで目立つようなまねはすべきではない」

不満げな鹿間に御広敷伊賀者頭が釘を刺した。

「それでは っ」

鹿間が顔色を変えた。

白木屋の依頼は伊賀組に出された公式なものではないのだ。白木屋が依頼を受け、その日に非番であった鹿間が引き受けた。

それを中断する。

「すまぬ。事情があって……」

金を返して詫びればすむというわけではない。

「二度とお出ではご遠慮願いましょう」

白木屋から出入り禁止を言い渡される。

「伊賀組さまにお願いすることも考えねばなりませぬ」

下手をすると伊賀組まで影響が出た。

「なんということをしてくれた」

鹿間は伊賀組から責められる。

「あのようなしくじり者を御広敷伊賀者のままでおくのはいかがなものか」

「小普請伊賀者か明屋敷伊賀者へ移すべきではないか」

大奥女中の外出の供をすることで小遣い銭をもらえる御広敷伊賀者は、伊賀組のなかでも選ばれた者といえた。

対して江戸城の瓦のずれ、漆喰《しっくい》の剝落など、職人を入れるほどではない作業を担う小普請組、城下の空き屋敷に無頼が住みついたり、不審な者が出入りしたりしないよう見回る明屋敷伊賀者は、どこからも一文の余得も入ってこなかった。

御広敷伊賀者でなくなるというのは、生活できなくなるほどではないが、月に一度の岡場所通い、十日に一度の晩酌をあきらめなければならない。

「組頭、それは困る」

「己の不始末は、己がすべきである」

蒼白になった鹿間に御広敷伊賀者頭が冷たく拒んだ。

「…………」

御広敷伊賀者頭に理がある。鹿間は言い返せなかった。

「十日ほど辛抱すればよかろう」

「……十日」

数が少ないぶん忙しいお庭番は、それほどしつこく伊賀組にかかわっていられない。十日というのは妥当なところであった。

「十日かけて探ってなにもなければ、百日探っても千日かけても同じだ。探索御用は最初の十日が勝負だと、おぬしもわかっておろう」

「それはそうだとわかってござるが……」

相手がこちらの潜入に気付くまでがもっとも探索にとってつごうがいい。気付いてから対応策を採るまで、そしてもう大丈夫だと気を抜いたころになる。

概ね気付いて対応に出るまでが十日前後になると、伊賀者は経験として知っていた。

「十日……待ってくれるか、白木屋は」

「白木屋に近づくのも避けよ。今の伊賀者は遠国隠密御用から外れている」

日延べを願おうと考えた鹿間を御広敷伊賀者頭が制した。

「それでは手遅れになってしまう。なにもできぬ」

鹿間が呆然とした。

大伍は鹿間が当分の間抜け道へ来ないよう、手立てをしなければならないという窮地に陥っていた。

「『土芥寇讎記』を作らねばならぬ」

小笠原若狭守の話を聞いた家斉が焦りを強くしたからであった。

「手が足りませぬ」

そう言いたくても御家人が将軍へ直接もの申すことはできなかったし、力不足だと取られれば、大伍は弊履のように捨てられる。

「ならばもうよい」

「知りすぎておる」

権力者というのは、役に立たなかった者を見逃してはくれない。ましてや大伍は家斉と小笠原若狭守の企みを知っている。身分と役割からわかるように加わっているとはいえないが、かなり深くまでかかわっているのだ。

「始末をしておけ」

家斉がお庭番にそう指図を出せば、三日ほどで大伍は死ぬ。

大伍は役に立つと見せつけねばならなかった。

「お願いがござる」

大伍は朝早くに小笠原若狭守の腹心坂口一平を訪ねた。

「お二人の密談を当分ないと能見石見守に知らせていただきたい」

「なぜに」

坂口一平が当然の疑問を持った。

「公方さまのご指示で、少し江戸を離れなければなりませぬ。できるだけ早く戻りますが、五日から十日は留守にすることになりましょう」

「十日も……その間公方さまの御身は……」

大伍の話に坂口一平が驚愕した。

「それはお庭番がお守りするでしょう」

「なにを他人事のように」

淡々と言った大伍に、坂口一平が怒りを見せた。

坂口一平の主小笠原若狭守は家斉の御側御用取次である。

もし、家斉に万一あれば、殉死はしなくていいが、お役御免になる。主君がお役を外れればその出世は止まり、加増もなくなる。

それですめばまだいいが、家斉の死にかた如何《いかん》によっては、小笠原若狭守に責任が押しつけられる可能性がある。そうなればお家取り潰し、運がよくても減禄は避けられない。

小笠原若狭守、いや小笠原家と一蓮托生《いちれんたくしょう》の坂口一平が感情を露わにするのも当たり前のことであった。

「そこまで命じられてはおりませぬ」

大伍は任ではないと首を左右に振った。

「公方さまの御身をっ」

「拙者が手を出せば、お庭番の予定が狂いましょう」

まだ納得できない坂口一平に大伍が告げた。

「むっ」

坂口一平が詰まった。

御側御用取次の腹心と言われるだけに、役人が他人の手出しを嫌うとわかっている。また、よくわかっていない素人が手出ししたことで、より悪い結果になることが多いとも知っていた。

「では、お願いをいたしまする」

大伍は用件を言い終わったと坂口一平に背を向けた。

小人目付で隠密御用の経験は少ないがある。なにが要るかくらいはわかっているが、当時と違って、今は佐久良が家のことを仕切っている。さすがに隠密で遣う道具類は大伍が管理しているが、それ以外は佐久良に預けてある。

「金も要る」

今回は一日で江戸から行ける範囲で終わらせるつもりでいるが、それでも遠出は金がかかる。駕籠や馬は使えないのでそれほど費用はかからないが、城下で宿はとらなければならない。

江戸のようにどこでも人がいるようなところなれば、場末の廃寺や小汚い長屋に見かけない者が出入りしていても目立たないが、全員が顔見知りのような小さな城下町となると、他人目を忍ぶのはかえって違和感を呼ぶ。

見慣れぬ者は何をしに来たのか、どこに滞在するのかをはっきりさせたほうが、変な警戒心を抱かれずにすむ。

宿屋に泊まって飯を喰えば、一日少なくても三百文はかかる。

「夜、宿屋を留守にするならば遊所を利用するのが楽だ」

旅の恥は掻き捨てではないが、国元では妻だけで不満を感じていない男でも遊女を買う。

「昨夜は、お楽しみでしたか」

遊郭へ出かけていると見せれば、夜中いなくても宿の者は不思議に思わない。

「紹介してもらった見世はなかなかだな」

旅の者は城下のことをよく知らないだけに、宿屋に頼る。とくに悪所と呼ばれるところは、気を付けなければとんでもない見世に当たることもある。

「いいお客さまをご紹介いただき」

また宿屋に見世からの挨拶がある。次も客を斡旋してもらうためには、相応の見返りが要る。

もし、紹介だけしてもらって行かなければ、見世からの礼が来ない。

「いい見世だ」

そんな客が見世を褒めれば、おかしいと気付かれる。

「わたくしどものところに、妙な客が……」

宿屋はすぐに奉行所へ報せる。宿屋は奉行所の手先でもあるのだ。

そうなればすぐに奉行所から人が出されて、怪しい客の見張りや取り調べが始まる。こうなれば、隠密仕事は失敗であった。

「明日には若狭守さまが、能見石見守へ公方さまとの密談は終わりだと告げられるはず。出発は明後日か」

大伍は黒鍬者組屋敷へと歩を進めながら、計画を立てていた。

「江戸を発《た》って、その日の夜には城下へ入りたい。となるとどこか」

候補はいくつもある。

基本、江戸に近い藩は譜代大名ばかりであった。それだけにどこをとっても大差はない。

大伍は悩んだ。

「……行きすぎるところであった」

ふと気付けば見慣れた組屋敷が目の前にあった。

歳頃の娘が家事をしに来てくれる。炊事洗濯掃除をやってくれるだけでも助かるうえ、華やかさももたらしてくれる。独り者にとって、まさに夢のようなことだが、それだけに注意しなければならなかった。

「朝は人通りが多くなってから、帰りは明るいうちに」

役目で出ているかぎり、どうしても遅くなる。帰りを待たせていては日が落ちてしまう。同じように早朝も危ない。

大伍はそれなりに佐久良を気遣っていた。

「……大伍さま」

組屋敷に入ったところで、佐久良と出会った。

「佐久良どの。ちょうどよかった」

坂口一平と会っていたぶん、遅れたかと懸念していた大伍が安堵の表情を浮かべた。

「なにかございました」

佐久良が首をかしげた。

「そちらにお邪魔しても」

道端でできる話ではないと、大伍が求めた。

「ご存じの通り、狭いところですけれど」

「助かる」

何度も通っている森藤家である。それこそ今の家より詳しい。

佐久良の許諾に大伍が首肯した。

「……変なのがいるな」

大伍は佐久良と肩を並べた途端に囁《ささや》いた。

「覚えておられませぬか。かつてわたくしに嫁にこいと絡んできた愚か者を」

「いたな、そう言えば」

佐久良の説明で大伍が思い出した。

「まだあきらめていなかったのか」

「先日もしつこく誘われましてございまする」

あきれた大伍に、なにかを強請《ゆす》るような目つきを佐久良がした。

「…………」

大伍も木石《ぼくせき》ではない。佐久良の求めが婚姻を約することだとわかってはいたが、役目が役目だけに、おのれのことは二の次にせざるを得なかった。

「……参りましょう」

返事をしない大伍に、不機嫌な顔つきとなった佐久良が足を速めた。

二

森藤家の主はお役目で出ていた。

「今日は、行列差配でございますれば、あと少しで戻って参りますよ」

佐久良の母梶江が夫に用があるなら、少し待ってくれればいいと告げた。

「そうさせていただいても」

「はい。射貫さまは身内のようなものですゆえ、歓待はいたしませぬ。どうぞ、吾が家だと思っておくつろぎくださいませ」

待たせて欲しいと言った大伍に梶江がうなずいた。

「佐久良、白湯を」

「はい、お母さま」

母の指示に娘が従った。

「どうぞ」

「頂戴しよう」

飾り気のない湯飲みに白湯、大川端《ばた》の茶店でももう少し豪華だと思わせる素朴なものだが、大伍は微笑みながら受け取った。

「ほっとする」

白湯を一口含んだ大伍が息を吐いた。

「それはようございました」

険のある語調で佐久良が応じた。

「…………」

「あら」

佐久良の態度に大伍が気まずそうに横を向き、梶江がおもしろそうな顔をした。

「なにか娘が失礼をいたしましたか」

梶江が台所土間から問うてきた。

「そのようなことはございませぬ。いつも佐久良どのにはよくしてもらっております」

問題ないと大伍は手を振った。

「佐久良」

大伍の答えを聞いた梶江が、少し低い声を出した。

「武次郎どのが、わたくしを妻にと要望されているお話を大伍さまにお伝えしたのですが、なんともおっしゃってくださいませぬ」

佐久良がすねた。

「あきらめませぬね、武次郎どのも」

梶江が嘆息した。

「でも、よかったではないですか、佐久良」

「なにがよかったと」

明るい声になった母親に佐久良が反発した。

「断られたのではないでしょう」

「でもうなずいてはくださいませんでした」

梶江の応えに佐久良が口を尖らせた。

「駄目ならはっきりと断る。そうですね、射貫さま」

「はい」

確認を取った梶江に大伍はうなずいた。

「佐久良はお気に召しませぬか。たしかにまだまだ娘の気が抜けず、お転婆《てんば》なところもございますし、家事もまともにできるところまではしつけができておりませぬが」

「いえ、よくできた娘御だと思っております」

大伍が述べた。

「それでいてはっきりと言えぬとなれば、なにかわけがございましょう」

「…………」

梶江に探られた大伍は沈黙した。

子供とまではいわないが、大伍は元服したてのころから森藤家と交流があった。早くに母親を亡くした大伍にとって梶江は母とまではいかないが、叔母くらいには思っている。

「結構でございます。お答えは不要に」

大伍の様子に梶江が満足した。

「お母さま……」

承知できないと佐久良が話の打ち切りに抗議した。

「お仕事のことでしょう。男の人が女に隠しごとをしていながら、目をそらさないのはお役目にかかわるとき。女遊びだとか、博打だとかのときは、目を合わせようとしませんから」

「そうなのですね」

佐久良の声が少し弾んだ。

「…………」

内心で要らぬことを佐久良に教えこまないで欲しいと思いながら、大伍は無言を貫いた。

「帰って参ったようでございまする」

すっと梶江が台所から出てきた。手早く前掛けを外し、身形を整える。

「戻った」

戸口を引き開けて森藤が帰宅した。

「お帰りなさいませ。射貫さまがお見えでございまする」

「射貫どのが」

三ツ指を突いて迎えた妻に言われて、森藤が座敷にいる大伍を見た。

「お留守にお邪魔をいたしておりまする」

大伍が立ちあがって一礼した。

「いや、射貫どのなら歓迎じゃ。ささ、お座りを。佐久良、白湯をくれ」

森藤が大伍に座を進め、家長の座に腰を落とした。

「……本日の御用は」

ひといき入れた森藤が訊いた。

「じつは……」

「なるほど」

森藤が首肯した。

「お願いできましょうや」

「承知いたしましたとも。おい菊之助《きくのすけ》を呼んでこい」

大伍の願いに森藤が気にするなと笑った。

「行ってきまする」

佐久良がこしをあげた。

「三日から五日の留守……」

ちらと佐久良の姿がなくなったことを確かめて森藤が続けた。

「遠国御用でございますかの」

「といえば、言えるのだろうが……」

すでに森藤には甲田葉太夫を討ち果たすところを見られている。しかもその後始末も頼んでいる。今さら物見遊山だとごまかす気にはならなかった。

「江戸から一日でいける範囲の城下あるいは陣屋へ行かねばなりませぬ」

「どこというわけではなく」

森藤が首をかしげた。

「御用の内容は申せませぬが、そうでござる」

「一日となれば、十五里（約六十キロメートル）あたりでござろうか」

詳細を追及することなく森藤が応じた。

「もう少し、十八里（約七十二キロメートル）くらいなら」

「無理はなさるべきではござらぬ。まだいけるという、その少し前で止めておくのが心得。全力を使い果たしてしまえば、後々厳しゅうござる」

「なるほど」

先達の教えを大伍は受け取った。

「なれば、関宿《せきじゅく》、古河《ふるかわ》、川越《かわごえ》、忍《おし》、烏山《からすやま》、牛久《うしく》あたり。足利《あしかが》、館林《たてばやし》、壬生《みぶ》、宇都宮《うつのみや》は辛いところでございますか」

「でございましょうなあ」

大伍の考えに森藤が首肯した。

「……森藤どのが行かれたところはございましょうや」

「黒鍬者は江戸から出ませぬゆえ」

問うた大伍に森藤が首を左右に振った。

武士身分には及ばぬが小者よりは上という、中間《ちゅうげん》のような扱いを受ける黒鍬者に遠国勤務はなかった。

駿府《すんぷ》や甲府、大坂など幕府が城代を置くところにもいたが、それは各地で抱えられた者で、江戸の黒鍬者との交流はない。

江戸の黒鍬者が遠国へ出るのは、将軍あるいはその代理が日光参拝、あるいは上洛するときの荷物持ちとしてである。将軍が江戸から出なくなって久しいだけに、今の黒鍬者に遠国の経験がある者はいなかった。

「射貫どのは」

森藤が訊き返してきた。

「小人目付として何度か」

「お目付さまのお供でござるか。それはそれは」

疲れた顔をした大伍に森藤がなんともいえない笑いを浮かべた。

「風景を楽しむ間もございませんでした」

「でしょうな」

苦笑した大伍に森藤が同情してくれた。

目付の巡視はまれにおこなわれた。別段、どこの大名を咎めようというわけでもなく、目付の権威を見せつけるためである。そして目付の巡検は老中や若年寄といった要路への表現でもあった。まじめに仕事をしている。江戸城に籠もることなく、天下の諸大名へ睨みをきかせている。だから気に留めてくれと精一杯叫んでいるに等しい。

目付は公明正大を旨としているため、他の役人のように上司や執政へ贈りものをしたり、その屋敷に通って顔つなぎをすることができないのだ。当然、出世からは縁遠くなる。

幕府も開闢《かいびゃく》以来百八十年になろうとしている。天下は落ち着き、大きな出来事もなくなった。

こうなると役人たちもどうすれば天下のためになるか、徳川家の力となるかではなく、どうやって己が出世するかに変わる。

賄賂、同僚の足を引っ張るなどが横行し、実力のない者が高位の役職に就く。そして役人としての出世だけが、加増や家格の上昇に繋がる。

そんななか目付は、なにもできないのだ。下手なことをすれば、たちまち同僚から目を付けられて咎めを受ける。

そこで目付は任に真摯《しんし》であると見せつけるしかなかった。

つまり、目付の巡回は江戸へ噂の聞こえやすい近隣に限定される。

「近くですんだだけで助かりますが」

小人目付だったころを思い出して、大伍が苦い顔をした。

目付の巡回は役というより厄《やく》であった。

一人、騎馬の上でふんぞり返る目付に合わせて、徒目付、小人目付、小者は早足にならざるを得ず、さらに持たされる荷物も多い。

「出先のものを使えば、賄賂と取られかねぬ」

さすがに風呂桶や水まで運べとはいわないが、米、味噌、お櫃《ひつ》から鍋釜茶碗まで持たされる。

「こちらが利を得ることはできぬ。また、利を与えることも許されぬ」

目付は堅物で融通が利かない。

山道を登るときに荷物を運ぶ人足を雇うこともできず、茶店で休息することもない。

「茶を」

目付は峠で馬からおり、持参した敷物の上に座って命じるだけですむが、こちらは重い荷物を背負って山道を登ったにもかかわらず、休息もなく目付の茶の用意に走る。

「喉の渇きも癒えた。参るぞ」

己だけ茶を飲めば、それで休息は終わる。急いで水を飲んで道具を片付け、目付の後を追う。

宿でも同じであった。

「お供より少しは楽でございますかな」

森藤が大伍を慰めた。

「一人ですから。気を遣わずともすみますゆえ」

大伍もうなずいた。

「いかがでございましょう。年寄り……いや、まだ若いつもりですが、年長者の助言をさせていただいても」

森藤が意見をしていいかと訊いた。

「もちろんでござる」

大伍は遠慮なく言ってくれと応えた。

「初めてならば旅程には余裕を持たれるべきかと存ずる」

「たしかに」

余裕はなにをするにしても要る。ぎりぎりこそ人を成長させると剣術遣いなどは、死地を経験することを勧めるが、それで死んでしまえば意味がない。

「目的地に着いたとき、すぐに江戸へ取って返せるくらいがちょうどよいかと」

「となりますと……関宿でしょうな」

もっとも江戸から近い大名の領地を大伍が口にした。

「それがよろしいかと」

森藤が大伍の案を認めた。

「…………」

ちらと大伍が台所土間にいる梶江を見た。

「おい、しばし射貫どのと話をしたい。裏を見ておいてくれるか」

すぐに森藤が大伍の要求を見抜いて対応した。

「申しわけござらぬ」

「お気になさらず。あれも森藤の女でござる。その辺は心得ておりまする」

詫びる大伍に森藤が気にしないでいいと笑った。

「先日の伊賀者のことでございまするが、あれは山里曲輪伊賀者でございました」

「…………」

無言で森藤が先を促した。

「お衣装を借りたのは、山里曲輪を通りたかったからでござった」

「ではないかと思っておりました」

大伍の告白に森藤がわかっていたと首肯した。

「お目付の衆でも山里曲輪は通れませぬから」

「森藤どのは通られたことが」

「ございませぬよ。黒鍬者は通れるというだけ。用などありませぬし、下手に通って山里伊賀者に顔を覚えられるのは……」

森藤が最後を濁した。

「それを踏まえてお聞き願いたい。先日、忍と戦いましてござる」

「忍と……この間の者の敵討ちでございますか」

大伍の告白に森藤の表情が険しくなった。

「あいにく暗闇でのことでありましたし、忍は話しかけて参りませなんだ」

詳細を語れば、抜け道のことを森藤が見抜くかも知れない。大伍は大雑把な説明しかできなかった。

「…………」

もちろん、森藤はすぐに悟って、それ以上の情報を求めなかった。

「これを見ていただきたく」

懐から持参した棒手裏剣を出した大伍が、懐紙の上に置いた。

「ほう……手に取っても」

武器に触れるときは、かならず許可を取るのが作法であった。

「どうぞ」

「拝見」

大伍の許可を受けて、森藤が棒手裏剣を懐紙ごと手に取った。

「……手入れをなさいましたか」

「せっかくなので遣わせてもらおうかと」

森藤の問いに大伍が首肯した。

「なかなかいいものでございますな。その辺の鍛冶屋の仕事ではなく、こういった武器の製造に慣れている者が作ったもの」

じっと手裏剣を見た森藤が称賛した。

「なにより重うござる」

掌《てのひら》のうえで棒手裏剣を上下させた森藤が言った。

「重いということは、道場道具ではないということでございましょうや」

「はい」

大伍の確認に森藤が首を縦に振った。

手裏剣を町中で遣うことは禁じられていても、術を学ぶのは問題ない。剣術はほとんどの流派が心得として手裏剣術を教えているし、専門の道場もある。なかには道端の石を投げつける印地《いんじ》打《う》ちという流派もあった。

道場があれば稽古道具も要る。とはいえ、実戦に遣う本物は初心者が手にするのは危険すぎる。場合によっては命にかかわることになりかねない。

剣術道場でいきなり真剣での斬り合いをさせることがないように、手裏剣を教えるところでも最初は持ちかた、投げかたから入る。いわば剣術における竹刀、木刀のようなもの。訓練用の手裏剣は本物のように先が鋭くなく、重さも軽かった。

「どこのものかは」

それが聞きたいと大伍が身を乗り出した。

「黒鍬が遣うものではないとしか……」

申しわけなさそうに森藤が首を横に振った。

「黒鍬者も手裏剣を……」

大伍が驚いた。

「もともと黒鍬者は山師でござれば、狼や熊、まむしなどとの戦いを考えに入れておかなければなりませぬ。近づくことなく敵を屠《ほふ》れる飛び道具は必須。もちろん山刀を扱うこともできますが、接しての戦いでは怪我をすることもございまする。山のなかで血を流す。これは死に直結する失敗」

森藤が述べた。

「これでよろしいか」

すっと森藤が棒手裏剣を戻してきた。

「かたじけない」

手裏剣は隠し武器でもある。それを黒鍬者も遣うと教えてもらっただけでも大きい。どのようなものか実物を見せて欲しいと思っても、それは厚かましいを通りこして、恥知らずになる。

一礼して大伍は棒手裏剣を懐へしまった。

三

田沼意次は寝床に横たわっていた。

かつて天下を動かし、三百諸侯、旗本八万騎を思うがままにした姿は、もうどこにも残っていない。

「……中村《なかむら》か」

見上げていた天井へ向かって田沼意次が声をかけた。

「はっ」

天井裏から応えが返ってきた。

「近う寄れ」

「……よろしいので」

招いた田沼意次に中村と呼ばれた男が問うた。

「声を張るのは辛い。近くへ来てくれ」

「すぐに」

田沼意次の求めに天井板が一枚外れ、影が落ちてきた。

「なにがあった」

夜具の足下に控えた中村に田沼意次が話をしろと促した。

「江戸城中奥にて、忍同士の戦いがございました」

「ほう」

中村の報告に田沼意次が驚いた。

「説明をいたせ。お庭番がかかわっておるのか」

田沼意次が詳細を要求した。

「いえ、我らお庭番はかかわっておりませぬ」

中村はお庭番の一人であった。

「では、伊賀者か」

江戸城中奥にまで入りこめるのはお庭番か伊賀者だけである。田沼意次の推測はまちがってはいなかった。

「違うという答えが御広敷伊賀者から返ってきておりまする」

「信じられるのか」

虚実の虚に生きるのが忍なのだ。田沼意次が眉をひそめた。

「疑わしいかと」

中村が田沼意次の懸念に同意した。

「ですが、そうなると御広敷伊賀者同士の争いとなりまする。それを中奥でするとは思えませぬ。もし、御上に知られれば、伊賀組はただではすみませぬ」

「ふむ。では御広敷伊賀者と山里伊賀者ということはないか。山里伊賀者の一人が行き方知れずになっていると聞いた」

寝たままの田沼意次が甲田葉太夫のことを知っていた。

「それについては、探索をいたしておりまするが、今はなにもわかっておりませぬ」

中村が述べた。

「中奥のどこで争いがあった」

「御用の間近くでございまする」

田沼意次の確認に中村が告げた。

「御用の間か、何度か先代さまのお供で入らせていただいた。その御用の間で忍の争いがあったなど、お庭番の失策ぞ」

「誓って、誰もお休息の間より奥へは通しておりませぬ」

中村が強く否定した。

「そなたらお庭番の実力はよく知っておる。そのお庭番が抜けられたと申すか」

田沼意次が息を呑んだ。

「抜けられたには違いありませぬが、おそらくは抜け道を利用したものではないかと思われまする」

「抜け道を知られたと」

首を左右に振りながら語った中村に田沼意次が絶句した。

「どなたさまが抜け道についてご存じでございましょうや」

「それを訊きにきたか」

中村の要望に田沼意次が嘆息した。

「田沼さましか我らが教えを請うお方はおりませぬ」

「紀州以来の付き合い……か」

「はい」

田沼意次の言葉に中村がうなずいた。

お庭番は吉宗が紀州藩主から八代将軍となったときに、連れてきた腹心であった。

そして田沼意次の父意明も紀州から供をしてきた吉宗の忠臣であった。

紀州から江戸へ入るとき吉宗が引き連れてきた家臣は、わずか四十名余であった。

そのなかから三人がお庭番の創始となり、田沼意明は吉宗の身の回りの世話をする小納戸となった。

何役に補されたとしても、四十名ほどしかいない。どうしても幕臣のなかで浮くのはしかたのないことであった。

そんななか家督を継いだ田沼意次は九代将軍家重、十代将軍家治の寵愛を得て、確固たる地位を幕府のなかに築いた。

「主殿頭のよいようにせよ」

とくに家治は、すべてを田沼意次に預けた。

「お庭番も好きに使うがよい」

そのなかにはお庭番もあった。

「田沼どのなれば」

お庭番も同じ紀州出身ということで田沼意次に従うのを拒まなかった。

その繋がりは、田沼意次が失脚しても続いていた。

「抜け道のことを知っているのは、ときの御側御用取次だけ。そして御側御用取次が知っているのは、抜け道の入り口がどこにあるかだけ」

「では、今は小笠原若狭守どのが知っていると」

「のはずじゃ」

念を押した中村に田沼意次が首を縦に振った。

「抜け道の入り口は、御用の間側の階段でまちがいはございませぬか」

「一応、それについては口外禁止じゃ」

尋ねた中村へ田沼意次が話せないと拒んだが、認めているのも同然の返答をした。

「どこに繋がっているかは」

「それは知らぬ。公方さまもご存じなかった。まあ、退き口が山里曲輪なのだ。その付近であることはまちがいないだろうが」

さらに問うた中村へ田沼意次が答えた。

田沼意次が公方さまと呼ぶのは先代家治のことである。

「公方さまもご存じない抜け道に意味はござるのでしょうか」

中村が戸惑った。

「入り口がわかっていれば、それでよいのだ。抜け道は迷うことなくまっすぐに山里曲輪へと向かう一本道のはず」

「一本道……それでは敵に入りこまれれば……」

田沼意次の考えに中村が危機感を見せた。

「抜け道に灯りはないだろう。暗闇を進むのに脇道などがあって見よ、迷うぞ」

「それくらいは覚えていただけば……」

「あの小僧にそれだけの頭があるのか」

　中村の発言を田沼意次が冷たく否定した。

「………」

　将軍の腹心とされるお庭番は田沼意次の評価を表立って認めることはできない。かといって反論するのは無意味であった。田沼意次にとって家治が最高であり、分家から入りこんだ家斉は飾りでしかなかった。

「せっかく将軍世継ぎにしてやったというに、余を裏切るような節操なしじゃ。さらに松平越中守をいきなり老中首座にするなど、餓狼《がろう》の前に肉を差し出すようなもの。それにさえ気付いてはおるまい。己が肉だということにな」

「いささか、過ぎましょうぞ」

　いくらお庭番を差配する権を家治から与えられた田沼意次とはいえ、誹謗《ひぼう》が強すぎると中村が苦言を呈した。

「まちがったことを言ってはおらぬ。あの小僧は底が浅すぎる。せめて余が死ぬまで待てばよいものを、そくざに越中守を老中首座にするなど、裏でなにかあったと触れて回っておるのも同然じゃろう」

田沼意次が口の端を吊りあげた。

「……………」

中村も黙るしかなかった。

「そもそも余は誰が十一代さまになろうがどうでもよかった。公方さまのお血筋の家基さま以外は、なんの価値もない」

辛そうに田沼意次が顔をゆがめた。

「あの日、家基さまが亡くなられた日の公方さま……余は死ぬまで忘れられぬ。肩を落とされ、背を丸められた公方さまのお姿。穏やかで日向《ひなた》のような暖かいお方が、枯れ果てた冬の樹に見えた。それだけ公方さまは家基さまに代を譲られることを楽しみになさっておられた。正室を迎えたら、余は大御所となる。主殿頭、そなたに供をしてもらおうぞとも仰せくださった。ああ、ようやく余も政などという油のようにまとわりつくものから離れられると楽しみにしていた。中村、そなたは知るまいが、すでに正室選びは始まっていた。九代さま、公方さまと宮家の姫さまをお迎えした。この吉例に倣い、宮家からと……」

田沼意次が涙を流した。

「では……」

「公方さまと供に隠居する余ぞ。家基さまを除けようとなどするものか」

おそるおそるといった風情で窺ってきた中村に田沼意次が怒った。

「お二人の公方さまにお仕えしたのだ。もう十分である。息子も若年寄にしていただいている。田沼家も安泰じゃ。なにより、家基さまも田沼家をおろそかにはなさらぬ。余が引退したからといって意知を冷遇できるはずなかろう。それをすれば田沼家を引き立ててこられた九代さま、公方さまを人を見る目なしということになる」

寵臣は主君の引退あるいは死とともに表舞台から降りる。未練がましく地位に固《こ》執《しゅう》することは、主君の寵愛を利用しただけと見られるからであった。

また、新たな将軍となった者は、身綺麗に引いた寵臣を咎め立てない。これも慣例であった。過去を見ても三代将軍家光の寵臣松平伊豆守《いずのかみ》信綱《のぶつな》、阿部《あべ》豊後守《ぶんごのかみ》忠秋《ただあき》、五代将軍綱吉の引き立てを受けた柳沢吉保などは無事に代を重ねている。対して、引き際をまちがえた四代将軍家綱を支えた酒井雅楽頭《うたのかみ》忠清《ただきよ》、六代将軍家宣の側近間部《まなべ》越前《えちぜんの》守詮房《かみあきふさ》、新井白石《あらいはくせき》らは次代を継いだ将軍から咎めを受けていた。

「思い出話を楽しむ日々、家基さまがお亡くなりになったことで泡《うたかた》と消えた。公方さまがどれだけ嘆かれ、どれだけ怒られたか、そなたは知るまい」

「家督を継ぐ前でございました」

中村が頭を垂れた。

「……今さらだな。誰が家基さまを害したのかもわかってはいるが、公方さまがお亡くなりになられた今、そやつを糾弾する気にはならぬ。余にとって、今は残照。お待たせしている公方さまのおもとへ参じるまでの暇つぶし」

小さく息を吐いて、田沼意次が気を落ち着かせた。

「で、話を戻すが、忍同士の争いというのはどこであったのだ」

「それがわかりませぬ」

中村が申しわけなさそうに身を縮めた。

「なるほどの。争闘の気配はあったが痕跡はない。それで抜け道を疑ったか」

「左様でございまする」

田沼意次の言葉に中村が首を縦に振った。

「抜け道の入り口を見つけたと申したな」

「中奥警固の任に就いたおりに」

　確かめた田沼意次に中村が答えた。

「なかに入っては……」

「おりませぬ」

　声が低くなった田沼意次の迫力に中村が慌てて首を横に振った。

「抜け道のなかに入れるのは、公方さまと供を許された者のみ。もし、無断で入ったならばお庭番といえども咎めを受ける」

「存じております」

　中村が首肯した。

「抜け道のなかで忍同士の戦いがあったかも知れぬか……」

「……………」

　考え始めた田沼意次の邪魔にならぬよう、中村が沈黙した。

「入りこんだ賊を山里伊賀者が追ったと考えるのが、もっとも無理のないことだな」

「ということは山里伊賀者は抜け道の出口側を知っていると」

「知っているかどうかはわからぬ。知らぬはずだが、偶然、抜け道に入りこむ賊を見かけてということもある」

「山里伊賀者に話を訊いても……」

「いや、それはまずい」

許可を求めた中村を田沼意次は制した。

「抜け道の出口を山里伊賀者が知っていたとなると、まずいことになるぞ」

「……たしかに」

誰も知らないはずの抜け道、その出口を山里伊賀者が知っていたとなれば、大きな問題になりかねなかった。

「山里伊賀者が抜け道のことを漏らすのではないか」

将軍あるいは幕閣の懸念が生まれ、

「今の山里伊賀者すべてを切腹させ、あらたに選び出すべきである」

権力をもつ者にとって、伊賀者の扱いなど羽より軽い。

「今度は伊賀者も黙ってはおるまい」

「…………」

田沼意次の危惧を中村は無言で肯定した。

闇に潜み、跳梁跋扈《ちょうりょうばっこ》する伊賀者の相手は厳しい。町に火を放たれたりしては大事になった。

「敵に回すのは面倒だ」

今のところ伊賀者は不満を見せず、唯々諾々と幕府に従っている。しかし、その任の特殊性から、他の御家人とは付き合うことなく、通婚、養子縁組なども組内で終わらせている。組屋敷のなかで完結しているのだ。

また、伊賀者は幕臣から忌避されていた。忍という者は、陰に潜み、毒を使い、闇討ちをする。武士としての正々堂々とは対極にある。

「武士の風上にも置けぬ」

「人外化生《じんがいけしょう》のものめ」

幕臣はおろか、諸藩の陪臣でも伊賀者と縁を結ぼうという者はいなかった。

「かかわりなし」

拒まれれば拒む。伊賀者も他の者との交流を避けてきた。他所者《よそもの》は敵、伊賀者の結束は強くなる。そうしないと数が違いすぎる。一枚岩でなければ、外からの圧力に負ける。

「伊賀者の役目であった隠密御用を奪われ、さらに山里伊賀者を壊滅させようとすれば、伊賀者は幕府を見捨てよう」

「おそらく」

中村も同じ考えであった。

「勝てるか」

田沼意次が中村に問うた。

「負けはいたしませぬが……ご当代さま以外のお方を守ることはできませぬ」

中村が正直に答えた。

「数が足りませぬ。お休息の間に公方さまにお籠もりいただき、我らのすべてがその周囲を固めれば……」

老中であろうが、御三家であろうが見捨てると中村が口にした。

「話し合いはしたのだな」

「御広敷伊賀者頭とは」

訊いた田沼意次に中村が述べた。

「どのていど事情を明かした」

「中奥に伊賀者が入ったかどうかを問うただけでございまする」

「なんと答えた。御広敷伊賀者頭は」

「お庭番が結界を張っている中奥へ入りこめるわけはなかろうと」

御広敷伊賀者頭はお庭番の実力を買っていると言ったに等しい。お庭番である中村はそれを否定するわけにはいかなかった。それをすれば、お庭番は御広敷伊賀者よりも劣るあるいは、中奥の守りに穴があると認めることになった。

「知っておるな、それは」

田沼意次が御広敷伊賀者頭の返答がごまかしでしかないと嗤った。

「やはりっ」

中村もわかっていたが、お庭番の矜持《きょうじ》が邪魔をして、それ以上のことができていなかった。

「はっきり言って、今の公方がどうなろうが余は興味すらない。しかし、公方さまからお庭番を預けていただいた者として対応はいたさねばなるまい。でなければ、泉下《せんか》の公方さまのご信頼にお応えできぬことになる」

「かたじけのうございまする」

中村が礼を言った。

「後のことは、また指図を出す」

「よろしくお願いをいたしまする」

深々と平伏した後、中村が天井裏へと消えた。

「三浦《みうら》、三浦はおらぬか」

田沼意次が手を叩いた。

「お召しでございましょうか」

近くで控えていた田沼家用人三浦庄司《しょうじ》がすぐに顔を出した。

「黒鍬者の鈴川武次郎を呼び出せ」

「ただちに」

三浦庄司がすぐに対応した。

「黒鍬者ならば山里曲輪に近づける。山里伊賀者と話をさせるのにちょうどいい」

田沼意次が直接山里伊賀者を召喚するのは、目立つ。どうしても御広敷伊賀者ら、同じ組屋敷にいる者に気付かれる。

「……ふふ。抜け道の出口か。これは使えるかも知れぬ。幕府のすべてを知らねば気がすまぬ越中守、吾こそ真の十一代将軍と未練を持っておる賢丸じゃ。なにより当代将軍となった一橋豊千代しか知らぬ抜け道なのだ。将軍しか知ることが許されぬ退き口の秘密、その話を知れば、きっと直接確かめたくなる。将軍になれなかった越中守だ。抜け道のことを、将軍だけの秘密を知るという欲求に勝てまい。供も連れずに抜け道へ入る越中守の姿が今から目に浮かぶ。そのときこそ痛打を与えてくれるわ。公方さまを嘆かせたおまえを余は決して、決して許さぬ。公方さまもご覧あれよう、余が若さまの仇《かたき》を討つところを。最後のご奉公じゃ」

昏い笑いを田沼意次は浮かべた。

この作品は徳間文庫のために書下されました。

徳間文庫

隠密鑑定秘録㈢

恩《おん》讐《しゅう》

2022年12月15日 初刷

著者 上《うえ》田《だ》秀《ひで》人《と》

発行者 小宮英行

発行所 株式会社 徳間書店

東京都品川区上大崎三-一-一 〒141-8202
目黒セントラルスクエア

電話 編集〇三(五四〇三)四三四九
販売〇四九(二九三)五五二一

振替 〇〇一四〇-〇-四四三九二

印刷
製本 大日本印刷株式会社

ISBN978-4-19-894807-8